A Puta

Márcia Barbieri

A Puta

(Trilogia do corpo)

2ª edição

Copyright © 2020 Márcia Barbieri

A Puta © Editora Reformatório

Editores
Marcelo Nocelli
Rennan Martens

Revisão
Otacília Salles
Marcelo Nocelli

Imagem da capa
Ivan Sitta, "A puta", 2020

Design e editoração eletrônica
Karina Tenório

Dados Internacionais de Catalogação na Publicação (CIP)
Bibliotecária Juliana Farias Motta CRB7/5880

Barbieri, Márcia. –
   A puta / Márcia Barbieri. – São Paulo: Reformatório, 2020.
   176 p.: 14 x 21 cm.

   ISBN: 978-65-88091-05-0

   1. Ficção brasileira. I. Título.
B236p   CDD: B869.3

Índice para catálogo sistemático:
1. Ficção brasileira

Todos os direitos desta edição reservados à:

EDITORA REFORMATÓRIO
www.reformatorio.com.br

"[...] o que existia agora era uma plantação de espelhos, o Amor aparecia e desaparecia em todos eles, e tínhamos de ficar imóveis e sem compreender, porque ele era uma criança assassina e andava pela terra com as suas camisas brancas abertas, as suas camisas negras e vermelhas todas desabotoadas."

[poema *Animais carnívoros*, HERBERTO HELDER]

[1][Prelúdio]. Sim. Foi isso. Eu vi a vértebra trincada de Deus. O pôr do sol penetrando entre os discos da sua coluna. A hérnia saltou e pulsou dentro da minha vagina. Era o início da degeneração do Criador. Era a cópula entre Deus e o homem. Uma trouxa estranha de acontecimentos. O sol amargava minha boca e abria fissuras no meu palato. E nas fissuras habitavam corpos estranhos duendes e serpentes. E nas dobras a podridão se escondia. A decomposição começa quando o monstro branco é enforcado. A decomposição começa onde a luz é inconstante. Um berne se instalou nas pregas do meu ânus. Um falo no seu devido lugar. Antes dessa lucidez emaranhada, eu ficava noites e noites em volta da fogueira – digo noites e noites porque nessa época não havia o dia para intercalar a escuridão. O uivo dos lobos esquentava as minhas canelas, sabia que tinha amanhecido quando cessava aquele escarcéu canino. Durante a madrugada escutava histórias de homens que não existiram, animais ferozes que dilaceram sem pena nem dó a carne de seus semelhantes. Ouvia sobre o desespero das mulheres que disputavam o amor do mesmo homem. E eu já sabia que meu dedo ou de outras era

---

1 avistei homens chupando com desespero (ou seria fome?) as falanges de um primata, estavam em roda, uma fogueira esquentava o olho vesgo da madrugada.

mais eficaz que um pau. E eu custava a crer que houve um tempo em que as mulheres lambiam as feridas abertas e eretas dos machos. Eu pouco falava, minha língua ainda estava presa no solo sólido da boca, algumas vezes soluçava, talvez fosse um resquício humano, esse soluço repentino. Catava os gravetos e quebrava com os dentes e a fogueira estalava e aumentava suas labaredas vermelhas, amarelas, violetas e azuis. Ainda não tínhamos ouvido falar de Moby Dicky, ainda não perseguíamos a baleia branca. Uma febre consumia minha pele<quarenta graus>. A filha da puta não ia embora, as compressas com toalhas encharcadas eram inúteis, apenas serviam para molhar a cabeceira da cama. A febre não diminuía, era pior que sarna. Minha mãe pegava sarna uma vez ao ano, no verão, quando frequentava o sanatório. Ela passava todos os verões no hospício, é como se o seu relógio biológico soubesse a hora em que ela deveria enlouquecer. E ela não fazia o mínimo esforço para contrariar seu relógio biológico. Voltava daquele lugar cheia de pruridos pelo corpo. Os dementes não têm bons hábitos de higiene, gostam de se refestelarem nas fezes de outros dementes. Ela passou um terço da vida na companhia de loucos. Muitas pessoas acham isso trágico e sentem pena, lamentam por sua sina. No entanto, isso não parecia assustá-la, pelo contrário, tinha a impressão que lá ela não se encontrava só e tão perto do suicídio quanto aqui. As pessoas encontram soluções mórbidas para sobreviver ao tédio, a essa escalada insossa do nada à coisa nenhuma. A morte não é capaz de atingir os loucos, eles têm uma estranha rede de proteção. Os delírios a consolavam da lucidez, a vida era tão clara que chegava a cegar, ninguém deveria se sujeitar aos caprichos da realidade. Das poucas vezes que presenciei suas gargalhadas, ela se encontrava no confinamento. Nunca tive coragem de perguntar se ela gostava da solitária, eu temia sua resposta. Talvez ela não tenha percebido que do lado de cá a coisa também é tenebrosa, embora a pintemos com cores pálidas, por todo o caminho vejo despencar mãos mortas. A única coisa que a incomodava no sanatório eram os eletrochoques. Ela dizia que até enlouquecer em paz era impossível. Colocavam aquele monte de fios na sua têmpora e esperavam uma melhora milagrosa e nada acontecia além de uma dor tremenda no corpo todo, um enjoo insuportável e uma amnésia temporária. Mas até desse fato ela tirou proveito, aconselhada pelos médicos começou a escrever um diário e até sentiu muito prazer nisso por uns anos, até perceber que a escrita é inútil, jamais poderia ajudá-la. Ou melhor, ajudou de certa forma, depois de escrever os diários, ela os lia para os outros loucos, desde que eles pagassem em forma de cigarros. Minha mãe virou uma fumante compulsiva e eu peguei nojo dos cigarros, pelo menos até conhecer Flamenca. Posso afirmar que tive duas mães, uma sã e triste e outra louca, inconsequente e feliz. Não sei de qual gostava menos, não me identificava com nenhuma das duas e por não ter nenhuma referência acredito que eu tenha nascido de uma chocadeira infeliz. Nos momentos de surto, ela gritava: detesto café requentado, vá, vá logo, vadiazinhas, me tragam outro, de outro bule, esse bule tá estragado, o demônio mijou dentro dele. Foi você quem deixou o encardido entrar, não é¿ Trepou com ele, não foi sua piranhazinha¿ Pede pro vagabundo do seu pai, ele pensa que vocês têm que comer o pão que o diabo amassou¿ O que aquele bêbado filho da puta está pensando, que vocês são filhas de chocadeira¿ Sim, meu pai <não o conheci graças a Deus, porque duvido que ele fosse muito diferente da minha mãe>, no entanto, sei que ele pensava isso, e eu também e todos os outros também e isso me aliviava porque assim eu imaginava que não trouxesse no meu sangue os genes da desgraça. O que ela queria era me ver arrancando os cabelos com as mãos, me descabelando, queria que eu fosse cúmplice da sua loucura. Quando voltava do sanatório ela passava horas relembrando e rindo de suas peripécias. Ela dizia que a loucura passava com os meses, com a administração correta de medicamentos, ela enfiava os comprimidos à contragosto na boca e logo abandonava os vidros cheios pela casa, provavelmente porque as crises custavam mais aos outros do que a ela. Por que eu digo isso¿ Porque ela era uma egoísta, achava que a sua bosta era a mais fedida. Mas a sarna <ela continuava esfregando os

braços em carne viva com as unhas compridas e sujas> às vezes, demora anos para abandonar o corpo. E não adiantava trocar os lençóis ou ferver as toalhas. Ela desconfiava que a sandice da cabeça se alastrava pelo corpo em forma daquela coceira insuportável.[2] Não havia carnaval mais alegre que o carnaval dos loucos, porque suas fantasias eram berrantes. Quem nunca foi louco, nunca encontrou a felicidade. Eu optei pelo murmúrio e pela vadiagem. Eu fervia minhas roupas no quintal, o olhar turvo por causa da fuligem do fogão à lenha, colocava tudo em um grande tacho, achava que com isso poderia me livrar dos inconvenientes de uma doença própria dos cachorros, com o tempo fui percebendo que a loucura não era contagiosa, só era triste, dessas tristezas que fazem doer o osso na época de frio. Não gosto do frio, ele me força a pensar sobre atos simples como mergulhar minha cabeça na água gelada. O calor me deixa preguiçosa e irracional, se houvesse mais calor no mundo, haveria menos guerra. Você também não pensa assim¿ Existe guerra nos países tropicais¿ Duvido! Se não me engano só existiram revoluções e todas falharam, evaporaram com a quentura. Talvez apenas morrêssemos de epidemias, talvez sofrêssemos apenas com a proliferação de insetos. Não adian-

---

2 mãe, a louca, dizia que nunca foi tão feliz quanto no tempo do sanatório, foi lá que encontrou seus melhores amigos e os amantes mais sinceros e, talvez, jamais tivesse dormido com um rei se não fosse a loucura, a loucura tem disso, iguala os homens em suas desgraças.

ta insistir, eu já disse. Era um fêmur ensanguentado, só me recordo disso. Não posso dizer se era humano ou não, eu tinha cheirado muito naquela noite e você sabe, quando cheiramos as coisas tomam proporções inesperadas. Tenho a memória fraca, a vida nos ensina que é melhor ter uma cabeça deficiente e uma boca murcha, de poucas lembranças e poucas palavras, apenas o suficiente para a preservação da espécie. E agora vem você, querendo que eu me recorde com riqueza de detalhes. Detalhes é coisa de maricas. Aqui, os homens vivos têm boca de defunto, fedem como defunto, é melhor não mexer. Passarinho que muito pia acaba enjaulado. Nessa vila não há mais tempo pra isso, esqueça! Não me lembro exatamente da posição dos membros ou dos ângulos formados pelas pernas e a lua. Eram tíbias e rótulas de todas as dimensões, raquíticas em sua maioria. Um desenho grotesco. Imaginava que todo desgosto era um ângulo raso. Obtusa era a angústia, magra, anoréxica. A geometria torta dos objetos luminosos me intrigava. Não, não eram fetos, era um monte de roupa suja, mas no escuro, de longe, não sei, tudo é possível nessa terra de cegos. Também me recordo de um som gutural, como se houvesse um animal sendo sacrificado, embora não sentisse cheiro de sangue. Um antílope⸘ Um bode⸘ Um cavalo⸘ Não seja tão estúpido! Como poderia saber, como seria capaz de distinguir chifres no meio daquela confusão toda⸘! Presumo que tinha cascos porque escutava uma espécie de ga-

12 A PUTA

lope. Pare, não me atormente! Além do mais é inútil! Não sei a diferença de um antílope pra um veado. Esqueça, continue, não queremos nos perder, não é mesmo¿ É, não mais. Nunca fui lúcida, embora às vezes as luzes me ofusquem os olhos. Sou vesga ou o mundo é oblíquo.[3] Estripei mais homens do que peixes, porque os peixes eram raros e muito disputados. E não me arrependo. Isso não é uma lamentação, não confunda as coisas, é um relato, só isso. Tudo não passa de um ridículo relato de fatos que vi ou penso que vi ou vi com certa dificuldade. Ou melhor, se quer mesmo saber, tive alguns momentos de fraqueza, nunca parei pra salvar um homem, no entanto, tive pena de alguns peixes, principalmente os maiores e mais coloridos, eles tinham mais gana, mais fôlego, cheguei a pensar que alguns sobreviveriam sobre a terra, criariam cascos, garras e pulmões. Acredito que estava errada, não segui o paradeiro de nenhum deles, supus a morte ao vê-los boiando na margem. Os homens são mais ocos que os invertebrados, não entendo o porquê eles possuem respiração pulmonar, brânquias dariam conta do recado perfeitamente. Já viu um homem sem fôlego¿ E um sapo¿ É um desperdício colocar uma espinha dorsal para amparar a flacidez da alma humana. Confio mais no

---

3 Passei minha adolescência inteira me culpando pelos monstros que via crescer no jardim, imaginava que minha visão fosse deficiente, depois descobri que outras pessoas viam leões, outras matavam grandes mamutes brancos, por fim, me convenci que os seres deformados eram reais.

arpão do que na rede. A manhã cobre de vísceras a noite. Uma fístula fresca irrompe no meu abdome. Queria que o desgraçado daquele filósofo tivesse aqui para falar sobre a dor, o ser, a metafísica; seus cálculos fizeram traçados frouxos em torno do buraco – hipotenusa cateto quadrado aresta ângulo reto – e ele não sabe mais como sair dele, não sabe como se safar dessa. Não entendo uma palavra, um grunhido que sai da sua boca estúpida, mas acabo me distraindo com suas bobagens e com a forma de ele mexer os lábios. Fico impressionada com o que meia dúzia de livros pode fazer com a cabeça de um idiota. A sua imbecilidade me excita, suas palavras babosas deslizando – um lagarto morto preso na traqueia. Um caroço encarnado toma metade dos meus seios. E meus seios são sinônimos de desterro. Toco os bicos com a ponta dos dedos, sinto-os enrijecer. Acaricio os nós da madeira. Me sinto parte-átomo da alma dessas coisas inanimadas. Experimento com a língua em riste o gosto da madeira curtida pelo tempo. Não posso dizer muito sobre as coisas que vi. Como assim¿ Você está me dizendo que sou uma criminosa porque fui uma testemunha ocular¿ Você não acha isso um pouco ridículo¿ Eu sou cúmplice de um crime que eu nem sei se existiu¿ E por que eu esconderia o criminoso¿ Se estou preocupada¿ Porque estaria¿ A preocupação é uma arma engatilhada em direção à nossa cabeça, pronta pra estourar nossos miolos. Não ligo pra ela, quem liga morre rápido. Pare com suas elucubrações, não aconteceu nada disso, eu não me arriscaria para salvar a vida de outra pessoa, não acredito em heróis. Sou a merda de uma mulher que já não acredita em nada. Sei que o músculo-carne era vermelho e elástico, esticava e se desprendia dos ossos. Foi uma das cenas mais estranhas que já presenciei, não que eu fosse uma santa, longe disso, mas havia algo de assustador naquilo tudo. O corpo parecia um boneco desmontado pelas mãos de uma criança. Direita, esquerda, sempre fui uma pessoa afoita e confusa, avessa a cartografias. O não-lugar era meu refúgio preferido e lá nem Deus me achava. Admirava as baratas voadoras que se escondiam com facilidade nas frestas e surgiam como por mágica das frestas. Admirava os bichos-barbeiros que moravam nas embocaduras das paredes ocas. Admirava os ratos que se escondiam no subsolo. Admirava os homens que masturbavam os membros eretos de outros machos e esperavam aflitos o líquido jorrar. Eu era um ovo-fusão dessas quatro espécies de bichos, escalando com dificuldade o penhasco entre dois dias. Minha alma vivia em frangalhos, tentava me convencer que eu não fazia parte de uma piada sem graça, mas a maioria das vezes, eu acabava me olhando no espelho do banheiro e descobria que eu era uma cria indigesta de um Deus homicida. Deus me pariu e depois tentou me enforcar. A astronomia do cotidiano não me interessava. As cores dos planetas me enjoavam, me faziam vomitar estrelas em decomposição. A posição

A PUTA **15**

majestosa dos corpos celestes.... Os meteoros abrindo crateras e enterrando seus mortos. A nostalgia preservando fósseis. O ovo choco da solidão. Por muito tempo me nutri desse embrião trágico. Cai nesse conto do vigário, acreditei que a nudez desacompanhada me livraria dos rituais de sacrifício e dos bodes à minha espreita. Eu e minhas unhas em ruínas, encravadas, vertendo pus e tristeza. Não, eu não fugi, o que viu não foi uma fuga, foi um... sei lá, não sei como definir... Eu não sabia mais o que fazer, como disse, não havia ninguém no povoado, quase todos morreram, os que ficaram acabaram se espalhando tanto que se perderam[4]. Eu queria apenas encontrá-los, não aguentava mais ficar trancafiada naquele buraco. Se eu não tivesse corrido, eu estaria morta agora. Dez dias em andanças e não encontrei nada que me fizesse parar, cavalguei durante dez noites em cima de um cavalo manso e a paisagem continuou a mesma, o cavalo continuou seu trote sob um sol suicida. Trotei sobre o fêmur ensanguentado da manhã, com uma das patas estanquei o sangue que jorrava da artéria femoral. Eu podia ter me abaixado naquela hora, aceitado os últimos coices e depois de verificar a morte certa do animal eu o comeria, não desperdiçaria nem um membro, nem uma pata, nem as unhas, nem os cascos, nem as tripas, devoraria seus olhos mori-

---

4 Não havia outra opção, era necessário se desfragmentar, molécula a molécula, um total desdobramento do eu, tornar-se multidão, estuprar todas as bonecas russas.

bundos. O olho de todo defunto é vasto, obeso, gordo e por isso deveria ser arrancado, para que não seja descoberto o segredo da morte, para que nenhum fantasma veja e cochiche em nossos ouvidos nas madrugadas de insônia. Cada partida enche meu pé de rachaduras, como se um pedaço de mim também desejasse abandonar o corpo, se fragmentar. Não sou real, nem imaginária, nem simbólica, sou uma possibilidade dada e existo na negação dos seus lábios leporinos. Me contorço nas fendas do céu da sua boca. Meu dorso se abre em estrias cartográficas, não é possível comer o tutano sem rasgar a pele, distender os músculos, quebrar os ossos e meus ossos já estão todos trincados. Cada partícula enche meu corpo de desespero. O eu rachado. O eu fragmentado, fluxo de gente refluxo de mim. Um dia, há muito tempo, tive a ingenuidade de achar que os abandonos não me trariam vergões e agora trago todas as vigílias expostas na minha carne nua e imberbe. Amanheço e vomito bolas de pelo. O que ele acharia se me visse tão próxima a esses primatas¿ Às vezes, duvido que ele saberia me distinguir, penso que ele me confundiria. Explanaria horas sobre o racionalismo e a lógica e eu balançaria a cabeça, permissiva, enquanto meu corpo despencaria um suor tão escuro e fétido quanto a urina. Os símios passeavam ao meu redor, tocavam meus cabelos, puxavam meus brincos, riam, gargalhavam da minha condição. Odiava perceber o quanto os macacos se assemelhavam a mim, odiava a maneira

A PUTA **17**

como eles me olhavam, eles se achavam superiores, com seus membros longos e ágeis. O que eles eram, afinal¿ Monstros horrendos e peludos com cérebros grandes e disfuncionais. Depois da raiva, tinha dó, depois do dó tinha inveja dos urros dos animais, dos seus sexos à mostra, tinha inveja da facilidade de como eles fodiam e pariam sem prestar contas a ninguém. E eu paria seres miúdos, enrugados, e todos me interrogavam sobre a paternidade daqueles homenzinhos franzinos, como se eu não pudesse ser simples partenogênese. Enquanto isso o feto no vidro crescia, embora ainda fosse um dado inexistente. Mas segundo o filósofo ou louco, como preferirem, passado e presente coexistem[5]. Um é distensão e outro contração, eu conseguia sentir suas palavras enquanto acariciava seu pau e este escorregava e se endurecia nas minhas mãos. O passado é, ele sussurrava e abaixava minha calcinha com os dedos molhados há pouco na minha saliva. O passado é, ele continuava até seu dedo se ensurdecer no meu gemido. E o tempo se contraia e se distendia na minha vulva e eu pensava, o coração fica na buceta, sístole e diástole e sua porra na minha virilha. Você jamais será capaz de entender porque tem a alma masculina, encouraçada. Os homens só não trazem cascos no pau. Como os rinocerontes meu pé tem apenas três dedos, o do meio é descomunal, feio, pesado como a consciência

---

5 Ele ainda não tinha percebido que eu era uma pessoa muito mais apegada ao instinto do que à memória.

e minha consciência não sabe viver separada do mundo. Ainda não perdi o hábito infantil de me esconder dos seres vacilantes, procurar um canto vazio, sentar, virar o pescoço, olhar meu útero de esguelha, cuspir nos não-nascidos de mim, lamber a própria coxa, arrancar os pelos com os dentes, sentir o sal da pele, inclinar meu tronco, esmagar meu diafragma, me dividir em duas e alcançar as unhas do pé com a boca, roer até sentir um filete de sangue escorrer pela minha língua. Rolar na relva da minha estranheza. Como posso apartar-me do homem como posso ser indiferente ao pau que me penetra se nas vizinhanças da minha vagina na fronteira do meu cu há uma veia femoral? A foda me provoca risos e convulsões e faz com que me recorde que o lugar de onde eu vim é tão ferrado quanto o lugar que estou agora. Limpo o esperma que escorre da minha boca e ele me beija antes que eu termine. Ele é sistemático na hora de gozar, um jato na virilha e outro na minha garganta. Depois do sexo ele fica horas retirando os pelos do tórax, improvisando uma pinça com o polegar e o indicador enquanto denuncia minha nudez assassinada. Vendo-o assim eu não diria que ele acabou de vasculhar as incoerências da minha carne, sou um ser despencado, estrangeiro, e tocando minha vagina não encontro vestígios de parentesco com nenhuma espécie conhecida, um peixe voador sentado nu à beira catastrófica da cama e não posso saber o que existe debaixo dos meus pés, calculo a existência de alguns bichos peçonhentos, mas isso não passa de uma possibilidade e a possibilidade fere. Atrás da porta reconheço os meus simulacros, eu não passo de uma cigarra que perdeu o corpo, porque o que me resta é a casca e não a matéria. E a matéria é natureza morta. Ficamos assim, encobertos em nossa própria carcaça, calados durante as três semanas seguintes esperando a porta que estava emperrada se abrir. No vigésimo dia ela desemperrou, encostamos a mão e ela abriu, então saímos e não nos vimos mais ou se chegamos a nos reencontrar não fomos capazes de nos reconhecer, era muito comum envelhecer em poucos dias. Era muito comum amores perdurarem algumas horas. Ele partiu e logo outro homem entrou pela minha vagina, afastou com as mãos os pequenos-lábios e se sentiu em casa. A chuva fina durou dois anos, três dias e quatro noites. Conversávamos assuntos banais para esquecer que era impossível fazer outra coisa além de esperar. Ele contava suas histórias de criança. Contava que colecionava percevejos dentro de um vidro de compota, e que um dia voltou para casa e sua coleção havia sumido, seu irmão tinha jogado fora. Depois disso nunca mais quis colecionar nada. Não vi nada de interessante na sua história, mas observei que seus olhos se encheram d'água ao lembrar do irmão. Achei melhor não fazer comentários, a coisa poderia piorar, se havia algo detestável era homem chorando ou homem broxa, não sabia lidar com nenhum dos dois. Espremi todos os cravos da suas costas, imaginando que assim o tempo encurtaria, me distrai por umas duas horas. Depois abaixei e desencravei as dez unhas do seu pé. E o tempo continuava longo. Cheguei quase a gostar da sua companhia. E o tempo continuava esticado. Contávamos os insetos que copulavam na parede, era engraçado imaginar que os insetos pudessem sentir orgasmos, que eles mudassem de posição para sentir mais prazer. E o tempo continuava distendido. Outros dias, ficávamos em silêncio observando as lesmas entrando e se arrastando pelo chão lamacento. Ele me olhava um pouco safado porque a trilha da lesma era tão semelhante à trilha que ele deixava na minha boca. E o tempo continuava alongando os membros. Na quarta-feira pegamos uma vasilha de barro e recolhemos algumas delas para o jantar, embora elas tivessem uma aparência repugnante, eram muito gostosas e nutritivas, pareciam muito com os quiabos, mas não eram verdes. E o tempo continuava com o pau ereto em nosso rabo. Escutamos tremores, raios cortando as beiradas do absurdo. Os trovões estouraram os tímpanos dos cães. Tínhamos muitos cães, conseguimos construir um pequeno porão para abrigá-los, a carne não era das melhores, porém matava nossa fome. Eu sei que antigamente eles eram animais dóceis e eram usados como bichos de estimação, no entanto, não podemos mais nos dar ao luxo de criarmos vínculos afetivos com os animais. Você sabe, a miséria era tremenda, não poupamos nem os da mesma espécie.[6] A tempestade piorou e a água das chuvas cobriu os telhados com um musgo cinza. Os insetos voadores se assustaram e deixaram de aparecer por uns meses. A pele ganhou um aspecto enrugado, úmido e verde, eu parecia mais uma salamandra do que uma mulher. Depois a tempestade e a água vindo e a enxurrada despencando nas zonas abissais do tempo. Deixei a enchente me levar. Era fácil se deixar levar pela corrente. O corpo sabia obedecer às ordens primitivas. Mergulhei a cabeça até o fundo, até me misturar com o líquido, até perder o ar, até não ver mais as borbulhas, não escutar o estalo da minha pele contra a água, até o barulho não fazer mais sentido. Até nada mais fazer sentido. Até todas as notas se fundirem em um único uivo, um grunhido desesperado. O carvalho fendido. O peixe morto boiando acima do meu riso. A outra orelha do silêncio. O silêncio amarelo sujo e pastoso. O eco redundante das palavras. Círculos e círculos e babas escorrendo em direção ao peito e nada foi dito. Um zumzumzum de ignorantes. Em todas as rodas de conversa nada mais do que a função vazia e enfática da linguagem. A mesmice corroeu todas as papilas gustativas. Era penoso manter um diálogo porque as conversações não passavam de uma tabela, estavam ali, nítidas todas as perguntas e todas as respostas com pequenas variações, era fazer um x e depois

---

6 Nessa época de miséria extrema o canibalismo tornou-se uma prática comum no povoado, não éramos diferentes dos escorpiões famintos.

outro x e depois x e depois outro, não era possível errar ou se confundir, tudo era muito claro, os pensamentos e os pensadores de toda a humanidade estavam ali, era um jogo, uma análise combinatória. E na minha mente todo esforço era inútil, não havia como sair do fosso que cavamos. Eu saia preocupada em como me afastaria do silêncio se tudo me levava até ele. A traqueia atravessada pelo arpão do arcanjo. A amídala inchada de devaneios. O homem dominou a palavra e a palavra o enforcou. Da onde tiraria outro fôlego¿ Se tivesse duas mãos apertaria a garganta da humanidade para escutar seus gritos, seus gemidos. A boca escancarada de Deus, a língua obcecada impregnada do universo. Salivei uma gosma seca, arenosa, como se tivesse fumado maços e maços de cigarro, recordei a finitude da minha carne, a curva perigosa da anca, os meus buracos desviando a atenção dos homens, as estrias indicando o caminho – todas as trilhas levam ao abismo e ninguém sabia disso – os pelos encravados gerando abscessos, as assimetrias me humanizando. O casco é a parte mais frágil de mim. E todo meu corpo é casco. A imperfeição me aproximou dos idiotas e também me aproximou dos seres degenerados, constantemente me sentia atraída pelos dementes, não tenho vergonha de assumir e arrisco dizer que os idiotas se entregavam com mais torpor ao prazer. Eu não me recordava da degeneração enquanto seus pelos pubianos roçavam meu clitóris. No entanto, esse era um homem diferente, nem degenerado, nem demente, ele Era, com a falência do verbo. Conheci esse homem fissurado, ele era um e era dois, era um jogo binário e juro que preferia jamais tê-lo visto, não era fácil conviver com ele, pois ele era o pólo negativo e o pólo positivo dentro de um pedaço limitado de matéria. Olhava dentro de suas pupilas e era eu lá dentro, distorcida, helicoidal, hermafrodita. Era líquido e sólido. Ele era alfa, mas também era ômega. Poderia rir e chorar simultaneamente, com uma mão ressuscitava e com a outra afogava os desesperados. Causava pena e ódio. Era homem e possuía uma vagina: LINDA, GRANDE, a mais perfeita que já vi, um racho, um rasgo, uma fenda, um pseudoburaco, o saco escrotal generoso orbitava ao redor da sua coxa dura. Tinha um oco rosado no meio das pernas. Um polvo estraçalhado na pélvis. Uns lábios genitais que pendiam e se aproximavam do joelho. O que o tornava tão próximo a mim... Por isso, talvez eu fosse tão conivente... Porque também me incomodava essa carne despencada, quase roçando a angústia. Talvez por isso eu me via através dele. Eu me sentia uma planta enxertada, híbrida. Uma planta sem raiz fixa. Seus seios desconjuntados infecundos caiam por cima de sua cavidade torácica. E nenhuma criança jamais se alimentaria daqueles peitos imundos. Era um privilégio conhecer o duplo, poucos tiveram essa oportunidade, a maioria morrerá à míngua sem nunca ter conhecido seu duplo. Era um espelho sem moldura que se apresentava a minha frente. Sinal de sorte, alguns tolos diziam. As pessoas falam o que lhes vem à cabeça, os dementes não possuem filtro, não sabem quando devem se calar. Gosto dos seres silenciosos e brancos que pendem durante as manhãs frias e trazem suturas na face, o peixe morre pela boca, o homem se acostumou a criar aftas, feridas alastram seu palato, morde a isca, mas não a engole, a deixa entalada até escorrer fatigada/fatiada pelo esôfago. Cisão, li essa palavra em alguma narrativa e nunca mais esqueci. Uma palavra triste, que traz desgraça no miolo. Era apegada a pequenos desafetos, por isso alimentava as baratas os besouros os escaravelhos que encontrava na escuridão-esgoto-armadilha dos seus lábios. Não matava piolhos ou carrapatos, os enterrava vivos. Cindida, era assim que eu era desde o começo, quando o vi através do espelho do fundo, no começo ele era apenas um ponto preto, pequeno, difuso, um borrão. Eu era bipartida quando a baba povoava o queixo, quando ainda não tinha a noção de que as coisas se dividiam em períodos e a minha coluna vertebral ainda se prolongava em um rabo. Às vezes, ainda sinto dores no rabo, como se meu cóccix não tivesse fim, um apêndice do mundo. Ninguém precisa escutar essa conversa fiada, eu sei. Colo o ouvido na parede. Gosto desses cochichos, o som dos insetos devorando o barro. Prendo a respiração para escutar melhor. Um pernilongo adormece na minha cara – desassossego – entra pelo meu nariz e sai pela minha boca.

Atravesso a minha atenção para o outro lado. O som me desperta. Um barulho de faca afiando a pedra. O aço amortecendo o sonho da rocha coalhando o chão decantando a vida, as células povoam os rios, surgem os primeiros seres autótrofos. Vidros moídos com as mãos inábeis de um louco. Loucos detestam outros loucos. Identificação. Os sanatórios foram exterminados, não havia espaço para tantos dementes, o mundo agora é o verdadeiro hospício, sem grades de proteção, sem camisas de força. Caminhamos nus e ninguém ousa nos punir. Durmo e sonho com a poluição do universo sujando as feridas do meu útero. Chupo seus dedos, um a um, como suas mãos. O dedo era um só (penso na solidão das masturbações) e eram múltiplas as impressões digitais. Homens refratários. Olho minha face de relance. Meu perfil traz a tristeza fatiada. Uma formiga me distrai. Acompanho o seu percurso e a vejo, junto com outras, devorando um rato morto. Não tenho coragem de me encarar demoradamente. Tudo o que não sou me condena. Depois de muito procurar encontro a baleia branca, ela está se debatendo, encalhada[7]. As acnes abandonaram minha pele. Os dentes foram perdendo o esmalte, amarelando, as presas estão menos pontiagudas. A arcada menos protuberante. Nada mais recorda a juventude. O que se decompôs era o melhor de mim. A

---

7 Há anos procuro a baleia branca, presenciei seu nascimento, vi seu corpo inflando e destroçando-engolindo o corpo materno. Entendi que a cópula era o espelho-simulacro da morte.

minha órbita furada ainda guarda memórias. Um olho de peixe estourou no meu pé esquerdo. Ele me encara, eu o encaro. Cutuco com a ponta da faca até o sangue escorrer. Dou mais uma checada no lugar, às vezes, é como se o meu habitat estivesse apartado de mim, fosse estrangeiro, não se acoplasse nos meus membros, um rabo emplumado que não me pertence. Procuro não perder tempo pensando sobre essas besteiras, respiro e me distraio com outras coisas. Um pássaro canta e tudo que consigo pensar é em uma armadilha para aprisioná-lo. A extensão do fora é tão maior que a extensão do nosso corpo e assim mesmo nos recusamos a explorá-lo. Aqui a moldura laranja se desprende do espelho. Tento desencaixar, não consigo, minhas mãos tremem. Escuto o amolador de facas arrastando seu carrinho. A barba dele toca o chão. Um dos poucos sobreviventes. Antes da guerra ele matou a mulher com uma de suas facas porque descobriu que ela não era mulher de um homem só, seu corpo exigia prazeres múltiplos, gostava de sentir a língua de outros homens no meio de sua perna. Que mal há nisso¿ Que atire a primeira pedra quem nunca imaginou ser lambido por línguas de todas as espessuras. Todo dia, a mesma hora, ele passa *el faca por el moeda de prata*. Ninguém mais traz moedas no bolso. Ele sabe disso, mas finge ignorância, a inconsciência é menos dolorosa. Montes de sal desaparecem aos poucos. Quem precisa da verdade? Eu repito: *el ilusion por una moeda de prata*. Assoo o nariz, minhas narinas estão largas feito as ancas de uma mulher gorda. Um resto de cocaína se espreme entre meu rosto e a moldura. A baleia branca continua se debatendo, encalhada. Tento remover a areia com meu remo, mas eles são frágeis, não posso fazer nada além de olhar com admiração a areia devorar o monstro branco. Meu septo parece se deslocar do crânio. As mandíbulas tremem, meus dentes estão despencando da boca. Minha face quadrada se retalha. Anima animus, meu sexo, espelho esférico côncavo, imagens invertidas. Faço um monte respeitando o limite do fim do espelho. Eles tinham razão, o espelho é um objeto mítico, ele liga dois três quatro mundos cinco dimensões. Coloco um pouco na ponta da língua para verificar se é da boa. Tenho saudade do tempo em que se encontrava o pó em qualquer biqueira, todo moleque de rua conhecia um traficante. Eu também cheguei a traficar, não muito, algumas gramas por dia, apenas para pagar meu vício, não cheguei a fazer dinheiro com isso e não matei nenhum viciado. O cheiro é o início da perdição. O odor é branco, quase cega. Olho de frente, olho de perfil, de esguelha, meu rosto se dilata, se contrai numa espécie de pompoarismo. A boca expulsando o embrião adormecido. O cordão despencando do epicentro. Lá fora o mesmo buraco. Os caranguejos esperando a chuva para virem à tona. O chão ocupando espaço. Planta rasteira fingindo arbusto. Os ossos se amontoando num canto. Grandes mamutes imprestáveis. O cheiro de carniça causa náuseas, se o sol estivesse mais forte eu não seria capaz de segurar o vômito. As moscas gordas moribundas boiando no ar pesado. O nascimento esquizofrênico do sol. Meus joelhos doem. Três horas de cócoras, sem me mexer, os quadris estalam com o peso dos ombros. A rótula se desloca do fêmur, parece ter vida própria, tento colocar no lugar, mas não tenho forças. Minhas mãos tremem e suam. Continuo olhando pelo orifício da parede frontal. Não aguento mais ficar agachada para me enquadrar. Peço clemência. A vida inteira acocorada para se desviar do poente. Raios e diâmetros medindo a ausência. Faço uma linha imaginária do busto até a tíbia. A distância é mais fluída do que podíamos imaginar. Meu corpo sofre a erosão dos ventos, planície virando depressão.[8] Os vivos imitam os rituais dos mortos. Um punhal corta o lume fosco da noite. Risca o mundo ao meio. Xilogravura bem talhada. Anoitece apesar de mim. Amanhece apesar de Deus. Grafite nos muros brancos que separam a Vila do resto da humanidade. Um odor sobe das valas defensivas e dos fossos. O humano cheira a ferro corroído. Desova de peixes. Mãe depois do parto. Cachorro molhado. Ontem o pescador ficou por quatro horas olhando as águas baterem nas rochas. Ele não espera mais os peixes, perdeu o interesse pelas coisas que o mar engole. O gosto das sementes que acabaram com

---

8 A planície é a arquitetura primária da cova.

as lavouras ainda está flutuando na minha saliva. Não consegui resistir, eu tinha que guardar as sementes, no entanto, meu apetite era maior, era devastadora. Ao mastigar as sementes é como se estivesse engolindo-estrangulando milhares e milhares de fetos, de homens, de mulheres, de velhos e de crianças. Exterminei uma aldeia inteira com a minha fome. Trago ainda na boca um ranço, uma nostalgia. Examino o mundo e mordo a língua. O meu cuspe é espesso, cáustico, tem gosto de ódio antigo. A ruindade me tornou múltipla, carne vasta, raiz forte espalhada entre os túmulos de gente estranha. Meus membros são estrangeiros e distantes dos meus dedos. Não tenho pena dos homens que lamentam a sorte. Escarafunchando ascendentes e caracteres embrionários posso enquadrar homens e ratos no mesmo subgrupo. A fraqueza me enoja. Não dou conselhos a suicidas. Ainda assim rezo por eles. Planto folhas de arruda atrás da orelha. Nenhuma mostra inclinação pra nascer. Me calo. O silêncio assombroso do leite derramando e espalhando a nata grossa. Camuflando a brasa. Engordurando a madrugada. Embranquecendo a vista esburacando a mucosa nos desfazendo revirando o intestino assoprando no seu ânus de merda. As duchas intestinais não resolvem mais o problema, é tua alma que está contaminada. Eu tentei te avisar, você nunca me deu ouvidos, apenas fingia, fingia ouvir enquanto ruminava seus conceitos, aqueles conceitos todos que precisou formular para poder ser chamado de filósofo. E pra que¿ – eu pergunto. Eles não te serviram pra nada, eles não salvaram tua alma. Tua medula óssea verte mágoas e você não pode suportá-las. Você nem sequer sabe a diferença entre um risco e um corte profundo. Uma guelra rompeu a noite e você continua respirando, alheio, tatu de jardim que se encerra em si mesmo. Você esqueceu sua língua entre minhas pernas e agora é um homem mudo. Estrangulado pelo silêncio. A mudez corrompe mais do que a multidão. Eu sabia que um dia te pegaria de calças curtas, eu sabia que um dia você voltaria com o rabo decepado nas mãos. Seu péssimo humor me atordoa. Seu ventre abaulado disputa espaço entre as serpentes. Eu apalpo e procuro os fetos que comeu. Não encontro nada, é incrível a sua capacidade de esconder o óbvio. Seu ventre abaulado faz com que eu me lembre da sua condição de inseto. ¿Pra que continuar inventando mentiras se já sei de tudo¿ Palavras miúdas e caranguejos confundem minha epiderme. E o carrasco discorre horas e horas sobre humanismo enquanto você lambe meu cu feito um cachorro desesperado. Você quis falar, tomou para você nossas ofensas aos grandes déspotas. Não entendo, a essa altura você já deveria saber que não existe volta. Você também está trancafiado aqui comigo, sente o cheiro de esgoto desse buraco, não existe escapatória. Eu acreditei, algumas vezes acreditei em você, pensei que fosse um pouco mais forte, pensei que além de um pau, tivesse culhões, pobre de mim, você é um erudito castrado. Você sabe que tudo deu errado, você não está mais no controle. Desconfio que jamais esteve. Nunca gostei de dormir com filósofos. Entre uma foda e outra metafísica furada. Ôntico. Linhas de fuga, bifurcações. Olha pro céu e conta as estrias da lua. Procura o clitóris do universo enquanto o meu está inchado, suplicando por uma língua que o acalme. Pede desculpas pelo prazer que não me deu. Diz que meus ossos estavam movediços, que minha bacia não suportaria o tipo de prazer que ele sabe proporcionar. Com um sopro ele poderia devastar meus músculos. Sou fraca e ele prolixo, ele diz. Ele divaga sobre átomos e constelações, sabe o nome de todos os afluentes. Sabe, gosto de você, você sabe, não sou bom com as praticidades, gosto de foder com você, então, gosto de você, não preciso ficar repetindo como um ritual sagrado. Às vezes, sei que te ferro, ferro com tua vida, o meu cérebro é uma centopeia e cada pé desobedece e corre por uma região diferente e desmonta minha cabeça inteira. Imagine cem pés destroçando uma matéria minúscula. Consegue imaginar¿ É assim que sinto. Gosto da sua buceta, dos seus pequenos-grandes lábios expostos, pendendo da vulva, é o meu sino do desassossego. Quero que entenda: não tenho culpa das coisas que andam acontecendo, eu não estava preparado, sou um homem do pensamento e bater estaca é corporal demais, é matéria e matéria é instável. Meu bem, o corpo nos engana, nos distrai do verdadeiro gozo. O gozo não é o esperma que escorre do meu pau e se espalha pelo teu ventre. Quando se importa amor também se importa o tragicômico. Não posso mais te penetrar como fazia antes, andei pensando, a profundidade não é importante, o verdadeiro filósofo sabe a importância das coisas que pendem para baixo, para os lados, o essencial é a superfície e por isso o seu falso pênis se encontra na superfície, escrachado em cima da vagina, porque a vagina é o órgão da profundidade, da enganação, é o órgão que ludibria o homem. Que se foda, você e seu discursinho de merda. Como pretende me comprar¿ Não caio nesse papo furado. Sou bicho, é só isso que quero ser, não tente me tornar menos animalesca. O cão come a própria bosta, e isso é ele, é seu instinto de cão encarcerado tentando manter a jaula limpa. Minha pele fede a sexo *naïf*. Não tente explicar um prazer furtado para uma cadela. Não me venha com palavras mansas, bem medidas, higienizadas, gosto das palavras que rolaram na bosta. Seu não-ser não pode me convencer da sua frouxidão. Também nasci pra fora, fui gerada fora do útero, nessa espécie de fosso branco destinado aos inaptos e nem por isso me furto do prazer de uma foda bem dada. A língua daquele filósofo filho da puta não é capaz de me proporcionar orgasmos. Ao contrário, sua língua densa me entristece me empurra pra fora do mundo e me rotula de mulher pública. Minha vagina um buraco negro, uma antimatéria, um nada ancestral. Não nascer é melhor do que viver no uivo. Horas e horas de cálculos de latitudes e longitudes, nomes de constelações, estrelas em formas de animais terrenos, hidra cão urso escorpião, uma astronomia de abismos. Como esquadrinhar minha buceta sem sublimar-desaparecer? Me masturbo, brinco com o clitóris e na clareira branca enxergo a vagina inchada de Deus, linda reluzente no meio das pernas. Se a epifania do homem, minúscula lanterna fosca, é insuportável e pode romper todos os seus vasos sanguíneos, quebrar sua tíbia, trincar sua bacia ilíaca, descontrolar sinapses, imagine o que aconteceria se Deus experimentasse a epifania... Nenhuma placa tectônica seria capaz de retomar seu rumo sem antes estilhaçar, todo espelho seria areia e toda areia refletiria perfis assimétricos, nenhum continente sobreviveria, todas as linhas imaginárias se aniquilariam, a mulher traria as trompas uterinas na palma na mão para salvar a criação e o homem seria apenas um ponto ínfimo no pensamento de Deus. Não me olhe com os cantos fingidos dos olhos – uma rocha se eleva na sua fronte – foi você que escolheu essa liquidez, essa viagem em torno do duodeno do universo, eu sou sólida, matéria bruta, simplificação. A tua não-forma não me serve pra nada. Ser escorregadio não é qualidade, é fuga, é covardia. Eu não sou capaz de observar a sordidez dos peixes escamosos. No entanto, gosto de homens fracos, porque é como se eu possuísse os seus membros e pudesse a qualquer hora amputá-los. É como se eu tivesse apertando seus bagos entre meus dedos. NÃO QUERO. Prefiro viver retirando as vértebras com o alicate para caber nesse cubículo que é o mundo a me sujeitar, me embrenhar na sua pele de lagarto ressuscitado. Não posso pagar para que me contemple. O mar existe e não precisa de você, encare isso com sensatez. Súplicas se igualam a línguas roxas de cães mortos. Quando estou acocorada sobre seu medo penso na força das mandíbulas dos crocodilos. Me perdoe se aqui seus livros servem apenas para acender fogueiras e suas teorias não passam de alucinações de uma mente doentia. O seu estado esquizofrênico não te exime das suas culpas, da merda que traz escondida entre as unhas, o seu mundo nasceu de uma micose do desespero. Por que os loucos se consideram inocentes¿ Por que acreditam que têm permissão para os crimes premeditados e hediondos¿ Sua viagem lunática ao meu pé do ouvido me entedia. Estendo meu braço para que você faça as suas inoculações, enquanto me perco num riso convulsivo. Tua moeda não pode ser contabilizada. Teu sacrifício é tempestade de meteoros em noites de seca. Os tubos em seu nariz não me comovem. Não me comove esse extravasamento, essa sua matéria transbordando nas dobras desse seu corpo obeso, essa sua gordura solitária e mórbida. Você se distrai contando os nódulos da sua carne, acredita que os cistos nascem nos espíritos bem dotados, superiores. Faço um corte na coxa e enfio seus dedos, quero que veja que a realidade é suja, obscena. Quero que remexa dentro da podridão dos meus membros. Você reluta, sugere que eu coloque um cateter para manter a ferida aberta e para que escorra um pouco do sangue sujo, no entanto, acaba gostando do cheiro do sangue, lambe disfarçadamente o dedo médio. O amor já traz no embrião-nascimento a fissura do desmoronamento. A fístula, a fenda, o fim, a outra ponta do começo. Um novelo pronto para ser rolado. Povoados inteiros foram exterminados, bem ou mal sobrevivemos à catástrofe. Retiramos com cuidado os estilhaços. E você fica aí contemplando as ruínas para descrevê-las. Como se nós precisássemos de suas descrições minuciosas para entender a tragédia. Diz que o mundo recomeçará pela narrativa da destruição. O Deus inocente da destruição. O caos se instalou faz tempo, só você ainda não se tocou. Depois da chuva, vem o sol e depois do sol as formigas grandes brotam da terra, prontas pra morrer. Reviramos durante várias noites e assustamos a nós mesmos. Retiramos as máscaras, mas as carrancas continuam lá. A farsa continua lá, a argila deformando a cara. O esboço ri da pretensão da obra acabada. Quando crianças nossa maldade era dissimulada pela ignorância. Agora querem respostas, apenas os loucos e os artistas esboçam hipóteses. A arte é uma forma segura de preservar a vida, de torná-la menos irrisória, menos miserável, um tanto cômica. A vida seria insuportável se não pudesse ser narrada. Driblada entre uma vírgula e outra. Uma fogueira conta uma história e continua. O fogo se extingue e continua. Quem conta um conto se desfaz em devaneios. Era uma vez. No princípio, o Todo Poderoso criou os céus e a terra. A terra estava informe e vazia. Os vermes ainda não corrompiam a carne porosa de Deus. Agora depois do apocalipse a terra volta ao vácuo, à insipidez. Olho pela fresta da janela de madeira podre, montes de sal vão se perdendo aos poucos. Me alimento dessa perda, desse desgaste natural.[9] De longe é bonito ver a brancura, chegamos mais perto e o vento sopra salgado em nossas bocas, resseca-racha a pele. Minha herpes estourou pela sexta vez esse ano. Imunidade baixa, é o que dizem. Os morféticos não desistem de me perseguir. Meus músculos estão cansados, mas eles não desistem. Não posso parar de correr. Eles continuam atrás de mim, cada vez mais perto, quase sinto seus pelos tocando minhas canelas. Um parafuso enferrujado atravessa a tarde. A existência vai se estreitando se cabendo em si. Perde o sentido. Sim, não me importo, vou começar de novo para que me entenda melhor. Foi isso mesmo que escutou. Não é devaneio. Não é um surto esquizofrênico. Estava lá, eu vi. Um homem grande e forte arrastava alguma coisa, devia ser um corpo ou uma carcaça (de animal?). Ele mancava, se movia com dificuldade. Tinha as costas largas. Ele não era gordo, não foi isso que eu disse, disse que ele tinha os

---

9 quando criança me admirava da onipotência da erosão, do seu poder de mudar as formas das coisas grandes, ainda hoje ela me assusta

ombros largos, era um homem robusto. Talvez tivesse a impressão de ele não ser tão alto porque mancava. Não dava pra saber se o sangue era da sua perna deficiente ou do corpo que arrastava com um pouco de dificuldade. Tudo bem, não tenho certeza, pode ser que não fosse um corpo, podia ser um saco de arroz ou de qualquer outra coisa. Mas àquela hora da madrugada, às escondidas por que alguém carregaria um saco de arroz¿ O negócio é que nevava, a noite estava tão branca que tive a sensação de que a cocaína cobria o mundo (embora agora, depois da guerra, era raro conseguir tal droga) e isso era bom, quero dizer a sensação era boa, não a escassez da cocaína. Continuei seguindo o homem do saco com o rabo dos olhos. Ele se virou por um instante, tive medo, achei que ele me encarava, mas isso era impossível, porque ele não podia me ver. Não sei de onde tirei aquela ideia. Comecei a suar frio. Você já teve essa impressão¿ Nunca tinha sentido antes. O suor escorria pela minha testa, usei o dorso da mão para enxugar, mas logo o suor começava a escorrer de novo e cada vez mais abundante, até que desisti de enxugá-lo. Respirei fundo, a ponta do meu nariz estava gelada e minhas narinas estavam vermelhas e inchadas. Lembrei do livro "O nariz" de Gogol, porque tinha a impressão que a qualquer instante meu nariz cairia do meu rosto e tomaria vida própria, isso conseguiu me preocupar por um momento, por mais absurdo que isso possa parecer. Claro que, conscientemente eu sabia que meu nariz não poderia fugir e que ele continuaria ali, estático na minha cara por muitos anos. Eu sei, eu sei, aqui não costuma nevar, mas naquela madrugada... O certo é que não sei direito como adormeci nem o que sonhei, tive a sensação de ter levado uma bordoada na nuca e quando acordei, embora o sol não estivesse forte, afinal, era outono, a neve já tinha derretido, nem o homem nem a carcaça estavam mais lá. Devo ter dormido por umas duas horas, no máximo duas horas e meia. Eu sei que é difícil de acreditar, no entanto, foi isso que aconteceu. Pode escrever aí. Não tema, com sua idade e sua profissão eu já estaria acostumada a coisas inusitadas, quem sabe até fosse capaz de acreditar em milagres. (Continuo) Aprendi a jogar tarôt quando ainda era uma menina, para me distrair, fingir adivinhar o que é tão óbvio. Quer que eu tire as cartas pra você¿ A vida começa a recobrar o sentido, estendo a toalha branca sobre a mesa, coloco as cartas – o enforcado, ela se ressuscita estrangulada nos vãos obscenos da laringe e da epiglote. Engolida a palo seco. A garganta é o esboço da buceta. E tenho joanetes na buceta. Coloque a mão aqui você verá. Todos os dias nos enfiam um pau duro no rabo. E tiram antes que se chegue ao gozo. Conto na rachadura dos dias todos os meus coitos interrompidos. A ressaca rasga-rompe as manhãs. Anunciação. Mais uma vez gritam, mais uma vez o eco responde Anunciação. Gosto dos brejos e dos rios temporários, que de vez em quando são deserto, promessa, espera de chuva, morada de caranguejo, criança caminhando no fundo. Crescemos e boiamos na superfície, matéria aerada, zunido de besouro, furúnculo na perfeição de Deus. Os olhos dos caranguejos me assustam, são móveis, olhos humanos, acusadores. Não que a culpa me seja um dom. Não herdei essa culpa que faz do homem um ser caridoso. Tenho a fome instintiva dos animais. Advogo para os monstros. Faço vivissecções em cães raivosos, gosto de ver seus corações pulsando. Não acredito em réus primários. Não existe a quem recorrer, todos juízes da própria carne. Os cavalos escutam apenas os seus trotes cada um que cuide do seu casco. O meu é único, pouso de moscas. Alívio de larva. O que imaginou? Alguém pedindo licença e retirando seus escombros? Alguém lambendo tua mortalha? Vigiando seus passos? Aqui os olhos são duas covas no meio da cara. Aqui todos os mortos são enterrados nus. Os músculos são descolados dos ossos, rompidos feito elástico podre. As roupas são dadas aos jovens e as joias roubadas pelos mais espertos. Nada se leva da vida. Que fique bem claro. Não se engana o diabo. Caminhe sem tirar os pés da lama. Confie em mim, você não afundará, sua alma tem o peso dos desacordados. Grite à vontade, o som não se propaga no vácuo. A única coisa que pode fazer é contar as feridas, os arranhões para esquecer as tripas expostas, lamber o esperma que escorre do seu abdômen, se alimentar de você mesmo. As pústulas ainda se espalham rapidamente pelo seu corpo, em breve você partirá. Você pode discordar de mim agora, mas depois lamberá minha buceta como forma de recompensa pelo meu acerto. Acordo e mantenho as janelas cerradas. Traças adormecem entre as frestas, esses bichos miúdos sempre me intrigaram. Elas estão assim há trinta anos, como um olho cego na cara de um suicida.[10] As suas feridas continuam alastrando o oco do seu corpo, o vácuo da sua alma. Não posso ajudar, as ataduras não adiantam. As fuligens dos objetos inanimados grudam nas suas órbitas. Os átomos se dividem, no entanto jamais se dissipam, a imortalidade está no próton, nêutron, nanon da pedra, o musgo, ser animado, vivo, verde, preâmbulo da flor, perscruta, mas não rompe a pele da pedra, se pudesse parti-la perceberia que não há nada além de uma cavidade viscosa e solitária. Se enfiasse sua língua na fresta saberia que não é possível masturbá-la. Ninguém irá ajudá-lo, as coisas mudaram. Você continua ingênuo, procurando respostas num mundo antigo, que se desfez fácil como uma malha mal tecida. Mesmo com essa população irrisória teremos que enfrentar epidemias e não teremos vacinas, estamos de mãos atadas. Não temos mais médicos para aplicar injeções milagrosas. Os antibióticos não estão mais ao nosso alcance. Podemos a qualquer momento

---

10 uma lenda celta diz que os suicidas chegam cegos ao inferno, Deus arranca seus olhos para que dirigindo as vistas aos céus não possam enxergar as delícias do paraíso.

morrer de tétano. Teremos que voltar nossas mãos para o alto e clamar por alguma divindade, qualquer uma serve, um céu, um sol, um arbusto, um corpo dissecado. Quer que eu te chame minha mãe¿ Ela está ali, sentada naquela cadeira desde o dia que me pariu. Posso pedir para que minha mãe te benza, ela é curandeira, basta ela tomar um chá e entra em transe, se comunica com o sagrado, aqui a loucura é um privilégio. Em outra época, os vizinhos trancariam as portas, chamariam a polícia e mandariam direto ao hospício, mas agora, o pouco da vizinhança que sobrou nem sequer imagina o que é um hospício. Agora mãe tem prestígio e eu até chego a me esquecer o quanto a odiava, o quanto chorava durante seus surtos esquizofrênicos. Eu sei que é pouco para um filósofo, porém, para quem acredita piamente no Ser, não acho tão descabido crer em rezas e ramos santos. Quantos tomos de livros precisou ler para não crer em nada¿ É irrisória a descrença de quem virou ateu por uma causa política, porque leu um texto bem feito. Você é um cético de proveta, não é genuíno. Não foi a vida que te fez descrente, foram suas conversas de rodapé, notas no fim da página. Qual dos seus filósofos te salvou da ruína ou da gonorreia? A sífilis devorou seu cérebro e você nem percebeu, não se deu conta do tamanho do rombo. Mesmo doente você continuou soberbo, continuou utilizando dialetos incompreensíveis, não queria se misturar a grande massa de ignorantes. Você costumava dizer que a mulher trazia o sêmen da desgraça, por isso se manteve casto por muitos anos. Você estava certo, a buceta é um buraco infectado. Trazemos o germe da humanidade em nossas trompas, nada que multiplica pode ser inocente. Você também trazia o leite infectado no seu pau, mas fingia não ver, seus olhos estavam viciados em contemplar somente objetos distantes. O fora foi o tema principal das suas teses furadas. Olhou para seu pau¿ Ele estava em carne viva, vertia um pus esverdeado e fétido, e o que as mentes evoluídas fizeram por você? Nenhum deles quis te fazer a punção, com medo de se contaminar. Você também sentiu medo, pediu que eu passasse minhas mãos nas suas costas. Um bicho mimado. Eu não recebo ordens, eu invento as ordens. Eu fazia apenas o que me dava prazer, te tocar quando tua carne era penumbra não me agradava. Eu recusei, você tinha a pele escamosa e seca, como a de um peixe que vive fora de seu habitat. Pensei nos axolotes que nunca conheci, na sua semelhança mórbida com os homens. Pensei no desespero de encontrar o cascalho tão misturado às águas, no sol que despenca todas as tardes. Você demorou a aprender que os verbos estão distantes da ação é é é e essa gagueira não me pertencia. Os verbos estão sepultados nas gramáticas. O corpo é a casa dos fortes, a alma é para quem tem tempo sobrando. A maioria dos homens descobre que está vivo quando tem a carne esfolada, olha no espelho e contempla os hematomas, antes disso se assemelha a uma ameba. A sua glande ainda traz cicatrizes de outros úteros, outras línguas, outras tragédias. Não assisto mais aos seus espetáculos. Você não encarava sóbrio a tristeza, me pedia para fazer a infusão com alguma planta alucinógena (as mandrágoras que cresciam ao lado do cemitério dos não nascidos), depois deitava sozinho no escuro e batia cinco punhetas seguidas, como se o prazer fosse capaz de compensar a dor. O prazer e a dor são frutos do mesmo escarro. E você parecia querer destrinchar o fruto. Você perfurava a polpa até chegar na alma oca do caroço. Eu já estava acostumada a destrinchar o caroço, eu já sabia que o caroço era ruidoso. Eu gostava de sentir ele batendo na solidez dos dentes. Eu também sabia que era inútil todo aquele trabalho, no entanto, não via motivo para alertá-lo. Ninguém me avisou, tem coisas que somos obrigados a enxergar sozinhos. Não adianta, não será feliz eliminando todo o esperma do seu saco escrotal, despejá-lo nas mãos não te livrará do tédio. Não adianta a ducha para se limpar, a sua carne-músculo traz rachaduras, uma parede mal erguida, frágil nas estruturas mais primitivas. Acaricio com o dorso da língua suas fendas embrionárias, não consigo saber onde se perdeu, você se originou assim, homem bífido. Filho de uma placenta descolada, fora do seu lugar. Não precisa me explicar, me poupe dos seus discursos vazios, você não tem mais plateia, todos os seus discípulos estão mortos, vagueiam na brancura fosca do nada. Você não vale um centavo e eu poderia esfaqueá-lo sem remorsos. Esfaqueá-lo como se faz com as marionetes depois das encenações. Poderia cortar todas as cordas e assistir ao seu despencar. Prefiro me tocar enquanto trago um cigarro cubano, eles me acalmam. As pessoas deveriam fumar e foder mais. Fico imaginando como é o sexo dos homens cubanos, será que tem o cheiro forte como o dos cigarros¿ Penso no dedilhar obsceno dos músicos. Horas e horas ensaiando a mesma nota. Um coaxar incessante distrai minha orelha. Lá fora há um rio de sapos copulando, preenchendo a carranca da noite, o escuro é uma carne com furúnculos. Observo novamente a cópula dos anfíbios, eles são seres adaptáveis, por isso se multiplicam sem remorsos. Passo as mãos na parte interna das minhas coxas, vejo que elas começam a ficar flácidas, em compensação meus pelos pubianos ainda estão pretos, não vislumbro nenhum fio descolorido, ainda verto água, enquanto a água verter estou viva. Choro pelo cacto que um dia nascerá na minha vulva, então ela será terra seca, granulada. Olho pelo buraco por onde a chave deveria atravessar. Vejo homens solitários contando as dobras do intestino. Contam até dez e dão um nó e contam novamente até esgotar todas as possibilidades matemáticas. Solidão – progressão geométrica. A vastidão é triste vista de longe – buraco-ruína de dente. Cachorro morto de asfalto. ¿ Quantos cachorros agonizantes já chutou na porta de casa? Remexo a terra e vejo um feto sendo devorado por saúvas, me abaixo na intenção de salvá-lo e então percebo que não passa de uma orelha decepada. O nosso desespero começa na orelha. Esparrame o pranto no umbral. O poeta inventou o riso para se redimir dos seus suicídios. Esquecer os cadáveres frescos que traz no dorso. O sol parte todos os dias atrás das suas costas. Quantos poentes podem suportar suas vértebras¿ Atrás de mim sempre é ontem. Morri trezentas vezes e trezentas vezes me levantei. Quebraram todas as minhas pernas de pau. Rasparam minha carne, sugaram todo meu tutano. Arrancaram meus molares com alicate. Me recomponho feito lagartixa branca de parede. Lagarto amarelo antes da criação. Fóssil fajuto dos meus ancestrais. *Deus é só uma abstração*, um coro grego sussurrou no meu ouvido são. Poucas coisas permaneceram intactas depois do nascimento, depois que o embrião cresceu, retorceu, cuspiu no útero. Tragicômica as chacinas de criança. A guerra é um método menos perverso de controle de natalidade, afirmam. Matam mães e pais em potencial. Sem foda não há cria. Irmãos comeram irmãos e se inventou o incesto. Irmãos deceparam as cabeças de irmãos e se inventou o homicídio. Quebraram os dentes e se inventou o riso. Em sociedades primitivas a guerra é menos necessária. Pratica-se o infanticídio. Crianças são jogadas do colo materno ou esquecidas sem alimentos. Aqui também tudo está voltando ao tempo mítico. Perdemos tudo. A população se reduziu a quase nada. Os poucos que ficaram resolveram se dispersar, quanto menos gente por quilômetro quadrado, mais fácil sobreviver, os alimentos demoram mais a terminar. É preciso tomar cuidado, pois os que ficaram tentam defender com unhas e dentes seu território. Ainda assim eu resolvi ficar com o que sobrou da minha família, ou seja, minha mãe e tentar reconstruir a vida. Não temos mais casas confortáveis, tecnologia ou comida. Voltamos à condição de meros coletores e caçadores. E ainda assim a caça é escassa. Está difícil a domesticação dos animais, eles estão arredios, eles não acreditam na inocência dos donos, a maioria foge antes de ser capturado, pois eles intuem o seu fim. A terra ficou infértil por causa dos produtos químicos das bombas. Todo o conhecimento adquirido se reduziu a cinzas e os avanços médicos, bem, acabaram morrendo com os últimos doutores. Temos apenas um médico, Muñozito, todos o chamam assim, ele foi um dos sobreviventes, mas, por ironia do destino, ele pertencia a uma família nobre, seu diploma foi comprado, seus pais faziam questão que ele fosse um doutor, porém, ele jamais se interessou por medicina. Ele tinha tudo que queria, não precisava trabalhar e por isso ficava o dia todo lendo livros eróticos e comendo as mulheres que caíam na sua conversa fiada. Era doutor só na placa. Agora, depois da catástrofe, ele viu uma oportunidade de se tornar grande, agora sua pretensão é ser o primeiro médico da nova era. Doutor Muñoz, porque agora ele exige que o chamem dessa forma, está se esforçando, anda pela escuridão com um ajudante, um verdadeiro Sancho Pança, catando animais e homens mortos para dissecar. O médico diz que a primeira coisa a fazer é uma nova nomenclatura, por isso está analisando os corpos mortos, para descobrir e apalpar cada músculo, cada osso, cada articulação. Não boto muita fé no seu trabalho, mas não temos muita opção, ele é um dos únicos que entendem, ao menos um pouco de anatomia, depois dele, podemos contar com o dentista, com o açougueiro, o cozinheiro e as parteiras que sobraram. Também sou uma das poucas sobreviventes e por um motivo inexplicável estou viva há mais de cem anos, embora não aparente mais que quarenta. Como disse antes, minha mãe voltou a ter o prestígio de uma época ancestral. Nos tempos modernos ninguém mais dava a mínima para uma curandeira ou uma xamã. Na parede de barro se estendem dois metros de garrafas com ervas dentro, são plantas e raízes de todas as cores e tamanhos. Minha mãe conseguiu recuperar uma raiz de mandrágora no meio da ruína, graças a ela agora podemos usufruir do poder desse alucinógeno e como todos sobreviveriam ao passado sem entorpecer¿ Era necessário uma distração para nossos sofrimentos. Eu gostava de olhar a mandrágora se desenvolvendo dentro do pote, seus membros se esparramando na transparência da água, seus rizomas confundindo tudo, parecia um líquido amniótico, qualquer coisa poderia nascer dali, um monstro horrendo, um demente ou uma criança inocente, no entanto, nunca acreditei na inocência, nada bom poderia nascer de forma tão explícita, mostrar os órgãos se constituindo de forma tão obscena. Era como ver um feto crescendo dentro de uma garrafa de vidro. Mãe gostava de contar a história de um menino calado, um menino gordo, esverdeado e mudo, ninguém sabia ao certo a origem dele, mas todos desconfiavam, alguns dizem terem visto como ele apareceu. Afirmavam que ele era uma mandrágora, mas que foi se desenvolvendo tanto e tanto que acabou por encarnar e criar alma. Não sei se cheguei a acreditar nessa história, no entanto, ela me tirava do chão e eu gostava disso, gostava quando flutuava ao ouvir uma história. Às vezes, quando paro pra pensar, encontro certa coerência, afinal, já encontrei tantos homens sem alma pelo meu caminho, por que me impressionar com uma planta encarnada⸘ Você deve saber, com certeza sabe, de onde você veio⸘ Você é mesmo desse povoado⸘ Porque se você é, você deveria saber que antes da guerra, era tudo resolvido em clínicas, caras para os ricos ou boca de porco para os pobres. No entanto, hoje voltamos ao misticismo, hoje minha mãe é uma das pessoas mais importantes do bando. Ela faz papel de parteira e médica, expulsa os demônios dos corpos. Inventa remédios com as ervas daninhas. Você pode dar esse nome, mas ela não é uma bruxa. Ela entende de ervas, é só. Ela sabe que a doença também traz o germe da cura. Se não fosse sua intuição já estaríamos mortos como os outros. As pessoas que sobraram da guerra não eram as mais cultas, por isso a dificuldade em conseguirmos retomar toda a ciência que foi perdida. Mas sabíamos de uma coisa importante, as coisas nascem, crescem e morrem. Nossa antiga civilização entrou em declínio e se extinguiu, tivemos que recomeçar do zero. Logo percebi que para as putas não tinha mudado muita coisa. Nosso trabalho continuava o mesmo, com a diferença de que agora não tínhamos mais nenhuma proteção contra as doenças do sexo. E mesmo quando tínhamos essa proteção, a maioria de nós preferia não usar nada. Mesmo sem proteção, passei muito tempo sendo comida sem sentir nenhum desconforto. Apenas a herpes recorrente, mas eu já trazia ela na boca antes do extermínio. Perdi a audição de um dos ouvidos depois da guerra. A gente precisa pagar um preço, não considerei o meu um preço muito alto, embora a surdez me incomode bastante. O tiro percorreu quilômetros e depois se aquietou, me esperando em emboscada. A bala passou sorrateira, atravessou meu crânio e está perdida no meio ziguezagueante do meu cérebro. Tive muita sorte em sobreviver, coloque o dedo aqui, ainda dá pra sentir o trajeto da bala. Sinto dores absurdas na cabeça, mas eu tenho algo que ninguém mais tem no povoado, aliás, se alguém souber o que trago escondido posso ser morta. Nas épocas áureas do puteiro, antes dessa guerra que devastou tudo, tinha um médico que era meu cliente assíduo, ele me apresentou o fluído de vitríolo doce: ácido sulfúrico, álcool e destilado, mais conhecido como éter. Ele me ensinou a gostar do éter, ainda mais do que gostei da cocaína ou dos cigarros cubanos, ele trazia vários vidros da droga e todas as putas juntas faziam o que ele chamava da folia do éter. Consegui salvar alguns vidros desse anestesiante potente. Uso essa droga constantemente para diminuir minha dor, já a utilizei também em casos de emergência. Minha mãe já precisou fazer algumas amputações e cesarianas e eu sugeri que ela utilizasse o éter, claro que o paciente não poderia saber que se tratava do éter. Ainda hoje escuto dedos mortos sobre a madeira porosa, ainda decifro código morse. Ninguém usa isso, eu sei. Não serve pra nada, quem se importa com as inutilidades que carrego? O supérfluo engana o sofrimento, você não acha¿ As manchas brancas espalhadas no seio do nada. Procuro um objeto inominável. Ele deve estar escondido nos buracos mais ínfimos. Ele deve suspeitar que estou à espreita. Ele se esconde nas estrias do útero. Passo a mão no meio das coxas – procuro um objeto inominável – subo até a virilha, em volta do prazer os pelos voltaram a crescer, grossos, pretos, sujos, emaranhados. Alguns homens têm tara por vaginas peludas. Tenho deixado a minha por conta do tempo. O tamanho dos pelos me servem de calendário. As mães e as putas sabem de tudo, são onipresentes como o diabo. Conhecem cada centímetro imundo do homem e ele não as surpreende. Todas as suas unhas encravadas, os olhos de peixe na sola do pé vigiando os seus passos mais sórdidos. Eles abrem seus corações e estes fedem como esgoto a céu aberto. Teria pena de meu inimigo se ele tivesse que partilhar a mesa com um homem. Tenho pena das esposas que se consideram melhores do que as putas. Tenho pena do homem que se considera melhor do que o bicho. Nunca cobrei barato pra chupar um pau. E já fui chupada sem pagar nada. Hoje sou uma das putas mais ricas desse vilarejo. Sempre cobrei a preço de ouro. Buceta dourada, sou conhecida assim pelas redondezas e pelo cacoete nas partes baixas. Está curioso para ver¿ Aposto que está. Posso te mostrar depois. Lá naquele cantinho. Tem um espelho aí com você¿ Pra quê¿ Não imagina mesmo¿ Quero que veja Ela multiplicada no espelho. Já teve a sensação de estar comendo duas bucetas ao mesmo tempo¿ Eu vou te mostrar que posso fazer você ter essa sensação e olha que sou uma só. Sou discreta, seus superiores não saberão. Me masturbei duas vezes enquanto falava com você e você nem percebeu. É só eu abrir as pernas, aproveita que já estou molhadinha, bem molhadinha, chupa meu dedo um pouquinho pra sentir o gosto. Se quiser subo a saia aqui mesmo. A saia foi a melhor invenção da humanidade, você não acha também¿ Quer que eu me toque pra você de novo? Você verá, vai se sentir até pequeno. Já engoli muito homem valente com isso aqui. Você gosta de mulher? Tem bigode de quem gosta. Se quiser pode me pegar por trás, eu gosto. Já dormi com muito viado. Ninguém está contente com sua terra, todos querem ser protagonistas, no entanto, não passam de coadjuvantes. Quantas vezes eu mesma me engasguei com torrões de terra estrangeira, tive viagens alucinantes com cogumelos de outros pastos. Também já dormi com muitos geógrafos, eles percorrem cada canto do corpo calculando escalas. Eu os ajudava com as réguas e os metros, calculava os tremores que não ocorriam, furtava água dos açudes. Não estou me desviando do assunto, é que todo discurso é vago e sem fronteira, geografia sinuosa. Nunca descobri resposta quando fiz pergunta, as coisas foram se colocando no lugar depois, como um tremor acomodando placas tectônicas, com o vagar que as coisas costumam ter, com o esquecimento bonito e brutal que vem com os temporais. Com a podridão das sementes que morrem alagadas depois das chuvas intensas. Antonio Conselheiro arrastou muita gente pro seu bando. Não era bonito, eu posso dizer que era até feio, mas tinha o cabelo comprido feito Cristo, além disso, trazia mel na língua. Aqui é escuro, um mundo em cubículo, um cativeiro, ninho de cascavel chocalho do diabo. As pedras são úmidas, nos encaram sem medo, restos de pele humana servem de ornamento em suas gretas, seus grilos, a fenda é o clitóris da rocha. Tateio por dentro da fenda e procuro o ponto G. Algumas mulheres trazem argolas no pescoço, eu perfuro com platina meus peque-

A PUTA **53**

nos lábios. Avô, mãe, pai, primo, irmão, dormimos todos juntos. Não conhecemos o conceito de incesto, ele se aniquilou junto com a civilização antiga. À noite sobe um cheiro de carniça, de fêmur humano, de víscera podre. Posso afirmar que não há grandes diferenças entre homens, símios e urubus, estamos todos à caça do próximo jantar. Não podemos poupar ninguém, aqui tudo é escasso e isso nos torna mais animalescos. Você já ouviu dizer que em época de poucos alimentos o escorpião come a própria cria¿ Não se impressiona com isso¿ Você teria coragem de comer a carne de seu filho recém-nascido¿ Dizem que os bebês têm a carne macia porque ainda não sabem o que é o sofrimento, melhor que carne de bebê, só carne de anjo. Dormíamos todos dentro dessa caverna escura. Um clã. Um globo em miniatura. Parecia que ele queria despovoar o mundo. Nômade vagabundo ¿Ou seria um chifrudo inconformado¿ A traição mais dolorida da história, é o que falam as más línguas, sua mulher foi embora com um sargento. Depois disso virou revolucionário, ficou vagando pelo mundo em busca de conforto. O coitado não sabia que a felicidade é um dado viciado. Virou inimigo do Estado. Porém, na nossa terra ninguém sabia nada sobre as agruras da sociedade, éramos um bocado de gente sem governo. O governo era só uma miragem, nossa terra era abandonada à própria sorte e nós gostávamos disso, a destruição nos deu autonomia. Nascemos todos cangaceiros. Sem crime e sem cadeia. Tiramos o bucho de muito homem, de homem safado que não merecia viver. Deixávamos a tripa secar no sol, empretecer, como se curte couro de touro, as formigas vinham e faziam seu serviço, todas cúmplices dos nossos assassinatos. Então tínhamos certeza, éramos inocentes. Éramos juízes e nossa sentença jamais era contestada. Nenhum homem bom teve a pele riscada ou o corpo atravessado por bala. A morte vinha pros escolhidos de Deus ou do Diabo. Inácio também abandonou o povoado. Inácio não falava, só aprendeu a varrer o terreiro, ficar grunhindo e esfregando uma mão na outra como se fosse fazer uma grande mágica, no entanto, suas mãos eram estéreis assim como seu cérebro de mariposa. A burrice é o pior dos martírios. Aqui os homens costumavam afrouxar as pregas com dez ou onze anos. Suas mãos jamais devem ter presenciado o gozo, não servia nem pra punheteiro. Nunca procurou uma puta pra se aliviar, nunca tinha se deitado com uma mulher nem comido o cu de nenhum homem. Aqui os homens costumavam afrouxar as pregas com dez ou onze anos. O idiota dizia que ia se guardar para a sua esposa. Ele não queria ter a carne suja quando encontrasse a moça certa. E não existe mancha mais escura do que nódoa de amor. Ficou noivo de uma sirigaita do outro lado do povoado. O que vem do lado de lá provoca encanto, guarda segredo em punho fechado. Mal sabia ele que alguns mistérios trazem escorpiões no bolso. Talvez os ingênuos não sofram. O casamento estava marcado. Quando o juiz chegou pra fazer o casamento a moça estava mais gorda que uma porca em véspera de matança. Estava prenha. Jurou que era do espírito santo. Inácio agradeceu e louvou a Deus por tamanha graça. Depois do primeiro filho, vieram mais quatro, todos do espírito santo e Inácio sempre louvando por ser o escolhido. Depois disso começou a bater punheta, já que não podia macular uma mulher santa. Ofereci ajuda abrindo minhas pernas, ele nem sequer olhou de esguelha. Várias vezes tentei descobrir porque ele vivia se escondendo nas barras daquele homem, inútil, ele tinha medo de mim. Dizia que eu era uma bruxa louca sem chapéu, que tinha fugido do hospício e que transformei um povoado santo num prostíbulo. Fiquei feliz com o título, mesmo sabendo que as putas nasceram antes de Deus e eu não era responsável por nada. Além disso, jamais conheci uma casa de loucos, mas imagino que não seja muito diferente dessas encruzilhadas, desses escarros escuros misturados na poeira amarela dos dias. Às vezes, me sento na estrada, me esparramo como uma cadela, fico perseguindo o sol, como se minha vida dependesse urgentemente desse ato boçal, abro as pernas e sinto o vento e a areia me assediando, ali mesmo solto um mijo ocre, quente, vasto, depois no lugar daquele minúsculo lago artificial, cutuco a terra e como as raízes novas, é como degustar o sabor das suas origens, é como descobrir o gosto que terão seus descendentes, é como destrinchar seres primitivos pelo umbigo, é como desterrar carcaças ancestrais. Recordo dos cérebros dos primatas que comi, o crânio encaixado nos meus dedos. Toco nos chifres ocos dos antílopes e os imagino rasgando o útero leitoso do universo numa cópula bruta e universal. Comendo terra me acostumo com a cova. A insipidez do nada. Quando morrer meus ossos descansarão em paz. Morto de verdade não faz peso na terra. Seus ossos viram poeira pó de mico feitiço em tacho de bruxa. Perguntei ao Gaguinho porque ele seguia aquele homem louco, barbudo e com fucinho largo, de muitos amigos, cheirando o traseiro de todo homem. Sei não, não sou de fazer muita pergunta. Repara não, sou calado, lábio selado, casco de cavalo na língua. Falasse mais a vida tinha encurtado as pernas. Imagine só uma vida de pernas curtas, tão engraçado. As de Aninha pareciam as pernas de um flamingo, aquele bicho colorido, conheceu¿ Como eu gostava daquelas pernas, ficava horas quieto olhando, mas nunca parei pra dizer o quanto gostava dos seus membros. Talvez tenha sido por isso que resolvi seguir Antonio Conselheiro, pra ver de novo aquele corpo esguio e poder falar o quanto o admirava. A vida inteira passei trabalhando e seguindo homem bronco. Escarrador de palavra no chão. Gente que soca discurso com pilão, come cabeça de porco, língua de boi, testículo de touro. Verbo rasgado, curto. Pouca polidez na carranca. Criando e adubando desafetos só por medo de desaguar. Fingindo que choro é erva daninha. Homem desaguando é maricas. Já vi muitos desses homens velando o corpo de outros homens, mas nunca presenciei um choro, um gemido. É triste ter que secar por dentro, é como se fossemos todos uns homens empalhados. Tapeio minha cara e ela é dura feito cara de burro arredio. Dura feito escultura de madeira, mas madeira quando infesta de cupim fica fofa, desmancha com um sopro, a minha danou a desmanchar. Eu sei, perdi o respeito dos amigos, eles acham que embichei depois de velho, alguns comentam que foi desilusão porque perdi Aninha. A verdade é que não embichei, pelo contrário, virei mais homem, menos bicho. Todos eles continuaram lustrando suas carrancas duras, fingindo que a dor não dói. Eu não, Antonio Conselheiro me mostrou a verdade e eu gosto dele por isso, sem ele eu ainda seria aquele lagarto feio de pele rugosa. Só entristeço um pouco porque perdi o cabresto tarde, por muito tempo andei olhando o mundo sem viés. Você sabe o que é olhar o mundo sem viés¿ É como um peixe que a vida inteira ficou voando feito pássaro, um pássaro sem pulmões. Acho bonito homem que olha o mundo de canto de olhos, de través e assim mesmo enxerga e assim mesmo relata história comprida, põe palavra na boca de gente muda, não conheço personagem de contador que também não seja um pouco contador ou mentiroso. Personagem contador que olha de canto sabe de tudo, conhece a história de cada pedregulho. Gente de faz de conta tem mais língua e saliva que homem de carne e osso. Olhe bem pra mim, sou contador apenas da minha história e assim mesmo ela é cheia de buracos. Já personagem corre mundo, vagueia debaixo da lua, debaixo do sol quente, debaixo da chuva, faz amizade com fantasma. Tem menos dente, mais ouro na boca. Mais brio nas carcaças. E tem também mais coragem, monta touro bravo, atira em malandro, desobedece matador, despista da bala. E eu catando praga da plantação de arroz pra ter o que comer. Caçando bicho do mato. Amarrando tomate pra não tombar – é triste ver planta morta porque não aguentou o peso do próprio fruto, é como uma mulher que morre parindo filho – abrindo vala pra água escorrer, fugindo do guizo da cascavel, tomando pinga pra curar as palavras que foram apodrecendo lá dentro do estomago. As úlceras que tenho desconfio que foram feitas de palavras abortadas. Mas a pinga ajudou a curar, pinga cura tudo, até gripe brava. Às vezes, penso que sou só ventríloquo. Esse boneco bobo encenador. Palavra bonita... Conselheiro me explicou o que era e achei que sou um pouco isso. Um ventríloquo... oco por natureza. Por muito tempo só aprendi a ser telegrama, a fazer epitáfio, porque era meu papel, anunciava a morte dos parentes pra outros parentes, telefone nunca existiu aqui. Não queria ser assim, queria saber dar consolo. Queria falar manso, cheio de palavras bonitas no meio, cheio de preposição, de conjunção no entanto porém todavia mas entretanto. Na minha boca palavra tem peso de pai furioso, varinha de marmelo abrindo vergões vergonha da pele. Só sabia mesmo era dar notícia ruim de jeito calmo, por isso me chamavam. A calma era por causa da gagueira, a ruindade demorava a escorregar pela garganta. Os olhos enchiam d'água. Começava a falar da diferença dos pastos e da grama verde, do silêncio e do nó forte que só morto sabe fazer, dos mortos que viram santos, fazem milagres, das almas penadas que vagam felizes poraí. Quando me avistavam ao longe, acendiam velas, preparavam o leito, o banho, a roupa fúnebre, a bebida pra tomar o defunto. Tristes das famílias que não podem preparar e enterrar seus mortos. Palavra saía fraca, parecia dedo mindinho, restinho de leite em teta de vaca anêmica. E olha que dentro da minha cabeça os sentimentos eram muitos, acho que todos eles viraram coágulos, feridas de joelho. Agora tenho que segurar as unhas pra não rasgar com muita força a casquinha e deixar o negócio sangrar. Acho que é herança de pai. Eu abraçava ele e o seu peito era como de um gorila. Olhava pro seu rosto e ficava tão fácil entender a tal da evolução. Comecei a duvidar de Deus, não por rebeldia, mais por constatação. Aquela que diz que não foi Adão e Eva, mas fomos levantando e virando homem. Meu pai não tinha terminado, estava no meio do caminho e deram alma de homem pra ele. Seu rosto era igualzinho de um macaco. Suas mãos grandes pareciam cascas de árvore centenária.

Tentei ser menos animal que ele. Mesmo assim, conto em um dedo quantas vezes falei pra Aninha do meu bem querer. Me arrependo tanto tanto! E ela tão mais alta do que eu, difícil de alcançar, difícil de chegar até meus ouvidos os seus grunhidos. Por um tempo achei que talvez fosse surda, por isso falava tão mal. Não era isso, era desespero, era angústia porque mulher nunca tinha vez. Era café com leite. Um dia, brava, Aninha gritou que queria bem ser puta, deveria ter nascido já puta, porque puta falava, gemia. Puta pensava, era boa na aritmética, fazia conta pra não ser roubada, cortava à faca homem folgado. Mulher era que nem cachorro, só não tinha rabo por falta de destreza de Deus, tinha que viver lambendo a bunda dos homens. Eu ia dizer que não era assim, ela se virou, começou a mexer o doce no tacho grande e eu me esqueci de discordar. Meu espírito era de pouco argumento. Ela também falava tão pouco, sempre bordando no pano o mesmo morango. E nunca terminava. Chegava a me dar enjoo tanta fartura. Queria plantar morangos, mas o tempo era ruim e os morangos mofavam e morangos mofados traziam má sorte. Nos seus panos os morangos eram vivos e carnudos e não morriam. Eram feito plantação bem cuidada, plantio de rico. Um dia, por engano, tentei morder, arrancar a polpa. Aninha gritou, disse que eu estava ficando louco, querendo comer ilusão. E que por certo era a cachaça que tinha comido meu juízo. Coitada, não sabia que a fantasia é que faz a gente mais feliz. Faz a gente grande, vistoso, carne secando ao sol. Todos os homens que não acreditavam estão mortos agora e nem o odor de sua carne chega até nossas narinas. É preciso um pouco de mentira pra resistir. Todo suicida é um religioso esperando o perdão de Deus. E Deus está ocupado com outras coisas, como catar piolho de cabelo de criança. Minha cabeça queria mas minha cabeça dura não conhecia frase feita. Como sou feliz agora que conheço todas as frases de pára-choque de caminhão. Minha mãezinha falava que queria casar com caminhoneiro porque ele ia contar sobre as outras verdades que ela não conhecia, ia trazer lembrança de cidade santa, ia trazer água do mar em garrafa de tubaína. Se tivesse casado com caminhoneiro todos os dias iria esperar na porta um novo homem, porque quando o homem sai de sua terra e conhece terra estrangeira, ele já é outro. E ela ajudaria ele a pintar as frases e apagar e escrever outra. Mãezinha não conheceu marido, mas se deitou com muito caminhoneiro. Ela dizia que se a gente não pode realizar um sonho inteiro, tem que se contentar com meio sonho. Também se deitou com um pescador. Ele colocou o apelido dela no barco, mas o barco logo naufragou. Ela nunca criou raízes, no entanto, ela não se entregou, não soluçou, ela entendia de cartografia e sabia que gente parada num lugar só cria micoses e as micoses distraiam sua solidão. Um dia mãe tirou um grande atlas debaixo do colchão, tinha sido presente do Corisco, cabra macho, matava inimigo na unha. O atlas estava todo marcado com carvão, cada ponto era um lugar que tinha visitado no pensamento, vaguear assim custa barato, ela costumava dizer. Mãe tentou me ensinar sobre escalas, trópicos e linhas imaginárias. Ela conhecia o segredo dos meridianos e das paralelas, o marco zero e todas essas invenções cartográficas que não me ajudaram em nada, a não ser me perder cada dia mais, eu achava que dentro da nossa cabeça também deveria haver alguma espécie de linha imaginária, assim evitaria tantos devaneios. Grewitch, quem se lembraria disso¿ Nunca aprendi, tristeza nascer do avesso do globo, sempre achei o mundo confuso demais para caber nos mapas. Nunca entendi a rosa dos ventos. Pra mim, quando ando pra trás é sul, pra frente é norte. E o sol, bem, não é todos os dias que o sol se põe no oeste. Ela tinha pregado na parede revista de lugares distantes. Ela ia ao mercado, quando voltava retirava os papéis das mercadorias. Ela sabia que no meio daquilo tudo havia uma paisagem bonita. Desamassava com carinho e pendurava as maravilhas que jamais conheceria. Amor era coisa frágil, era moleira de bebê. Muito amor se desgasta no ranger feio das portas. Um abre-fecha brusco sem sossego e um dia a coisa emperra, ninguém mais abre, nem um vãozinho anêmico, nem isso. A coisa vai enferrujando e ferrugem velha ninguém tira meu filho. A boca criou ranço. Criou musgo. Verde-verde-escuro. Língua geográfica. Sonho velado, homem caído na porta do puteiro. Bafo de bêbado amanhecido. Mijo misturado com cachaça. Vivi quase oitenta anos meu filho e não vi ninguém feliz, vi muita gente morrendo de tristeza, nunca vi homem morrer de míngua por causa de amor, mulher sim, conheci muita mulher que encurtou depois de velha, tudo por causa de paixão recolhida, homem não recolhe, não guarda mágoa, espalha. Os que conheci só me espalharam mágoa. Aninha não conheceu carta de amor, tão triste não ter conhecido as cartas de amor, mais triste do que desconhecer o amor, porque nas cartas ele se inventa tão mais bonito, tão mais jeitoso!!! Moça maquiada, é isso, feito moça maquiada à espera. Agora tenho minhas garatujas, estão todas lá, num caderninho amarelo, todas dedicadas pra Aninha, mas Aninha não está mais aqui. Coitada morreu de tédio porque eu não sabia fazer o mundo contado, naquela época o mundo só era pra gente um rabisco, incompreensível. Matei Aninha, como me arrependo! Aninha morreu mergulhada na minha ignorância. Uma tarde ela retirou um baú debaixo da cama. Abriu, olhou para os panos de morangos bordados, eles estavam no fundo, servindo de aconchego aos insetos e deixou as baratas brancas voarem pela janela. Suspirou, tinha a cara cansada, seu rosto parecia uma noite que jamais amanheceria, o olhar no lado inverso da folha. Se foi. Morreu desenganada de amor e nunca pode saber que era amor o que tinha nela, que era amor quando me enfiava nela, quando lambia a porta do seu mundo, quando badalava o sino que trazia perto do ventre, quando deixava minha baba no meio das suas pernas, quando rolava meu pé gelado no seu pé quente de meia e esperava contente o dia amanhecer. Quando trazia abóbora moranga das maiores pra fazer doce, quando trazia tacho de cobre novinho novinho. Quando ela perguntava se a comida tava boa e eu respondia mais ou menos, dá pra forrar o estomago. Quando tomava seu café fraco feito água de batata. Não soube que era amor porque inventaram na novela um amor burguês que eu não sabia encenar. Dó de Ana, dó de mim, só sem Ana. Tropeçando, caindo toda hora, rascunhando e aprendendo coisas do peito que já gangrenaram. Agora um coágulo imenso aqui me envergonhando. Se eu soubesse podar direito as rosas ainda iriam florir. Se eu tivesse me especializado em enxertos elas teriam cores variadas, eu inventaria primaveras. Não nascem mais. Eu planto e replanto grama perto do seu túmulo, não nasce. Você se encheu de mim Aninha, e eu estou repleto de você. Quando eu olho no espelho eu só enxergo o meu avesso, e ele é feio, aterrorizante depois que você partiu, é um grito estrangulado. Se você tivesse os genes da ruindade, eu diria que foi embora para fazer pirraça. Se fala porque sigo Conselheiro, também é por isso, por causa de desengano antigo. Gostei da cara do sujeito, do jeito manso. Do chinelo de couro escorregando, alisando o chão. A pele da canela comendo poeira. O

A PUTA **65**

sol explodindo vermelho no dorso. Dava pra contar nos dedos e de longe as costelas, tinha o corpo esbelto como de Jesus. Admiro homem que come só o necessário, a gula é um desvario que cometo com frequência, não é fácil me esquecer dos morangos polpudos e encarnados, às vezes vomito só de pensar... Aninha também devia ser meio santa, fazia a multiplicação do absurdo, ela sempre foi mais forte que eu, desconfio que não existe uma só mulher que não traga aço nas vértebras, as dos homens viram pó com tanta facilidade! Queria eu ter um seio cheio alimentando o mundo. Conselheiro devia ter nascido de uma mulher porque também era forte. Carregava cruz pesada feito santo. Gastava saliva com pobre, explicando tudo. O gosto do fruto beira o caroço. Antes do tempo amarra-amordaça a boca. Não compreendo seus ditos, mas acho bonito gente falando floreado. Dando nó no trapo da língua. O linguajar fica parecendo escultura lá da mão do Carlinhos. ?Viu o anjinho que ele fez? Só faltou voar. Política não entendo. Vou atrás dele como em romaria, desgastando o resto dos ossos. Romaria não é protesto, é tumulto bonito de se vê. Não tenho filho vivo, a minha mulher morreu de tédio e monólogo, não quero o mesmo destino, embora ainda sonhe em ir pra junto dela. A morte sem uma companhia deve ser muito chata, eu não gostaria de falar comigo eternamente, visitar os lugares em que vivi e não poder ser visto, olhar plantação de longe e não poder matar as pragas, ver meus companheiros e não poder tomar uma cachaça. Tristeza não é feita pra gente, é coisa de cachorro sarnento. Carrapato quando entra na carne apodrece tudo. Cachorro amanhece com a tripa preta enroscada. Filhote nasce com cordão enrolado no pescoço. Eu vou pulando enquanto o couro não salta do esqueleto. Uma hora a folia acaba. Deus arranca nossa fantasia. Quero morte mansa, que venha criança, na ponta dos pés, feito gato beirando a cama. Quando eu abrir o olho, já amanheceu de noite. Sem estrela. Breu, saco de pão vazio. Galopes sem vigílias. O que farei de manhã quando não houver mais para quem contar meus sonhos¿ Nightmare. Égua da madrugada. A lembrança do infanticídio me atormenta, pare com isso, tem desespero que é feito carniça, é preciso enterrar para que nenhum cão encontre. A saudade quase me matou, não quero ela de novo perto de mim, ela parece foto 3X4 na carteira, não me dê corda, isso é assunto pra outra hora. Um dia, quando eu estiver próximo da partida, talvez te conte como tudo aconteceu, antes disso não, ferida que é muito cutucada cria pus, junta mosca, tem corte que necessita de uma boa sutura. Não insista ou eu acabo perdendo as estribeiras. Foi isso, foi assim com Gaguinho e aconteceu com a maioria, seguiu sem motivo. As pessoas esperam algo que as convença, um pouco ao menos. Sem convicção para que toda essa pintura alucinada, esses pássaros sem pouso? Essa tela povoada de branco. Pobre não pode ver homem vestido de santo. A vila foi perdendo os pés. A distância fez o vento apagar o caminho de volta. A canseira gangrenou os passos pra trás, continuaram seguindo. Tanta parentela do diabo perdida poraí. Eu continuei aqui. Sem identidade, raiz frouxa, tubérculo humano. O mundo é redondo, não é o que dizem¿ Não gasto sola pra depois voltar com o rabo entre as pernas. Murcho, fruto pendido do pé. Goiaba branca bichada fica preta. Resisti, sou mulher de muita carcaça. Não me perco nos versos, nas linhas vagas, nas redondilhas, na margem de folha amassada. Minha palavra é linha reta. Não me perco nas pernas varicosas de Deus. Homem que fala bonito rimado esconde maldade na alma. Tenho pra mim que os anjos são mudos, não têm língua, não sofrem desse mal. Só os mortos foram ficando tagarelas, marcando trilha. Semente semeada que não dá em nada. Os pregadores foram deixando rasgos nas roupas esquecidas. Se acalme, não adianta pressa, aqui não segue sua lógica, continue sentado na sua cadeira de couro que boi morto não muge. Essa terra tem suas regras, suas leis, sua cronologia, seu espaço, seu espelho. Homem que não se retrata aqui se torna solitário, não dá nó em gravata. Aqui caracol é quadrado e objeto de culto. Já viu moleque matando lesma com sal? É tão perverso ver o tempo encurtando no corpo do bicho. Você é real? Até duvido da sua existência-almofadinha, ela é muito diversa desse buraco. Você olhou as carcaças que se amontoam lá fora¿ Por que só eu posso enxergar¿

Não queria ter nascido com tantos olhos vigilantes. A culpa deve ter sido da minha mãe com suas feitiçarias. É melhor continuar à beira da cama. Entre os dentes do cão a fresta é branca. As madrugadas mais bonitas são aquelas invadidas pelos tiros de canhão, é mais bonito que fogo de artifício. Ninguém ouviu falar dessa guerra, assim mesmo ela deve estar pintada em algum quadro. Até menino morto é bonito na mão de artista. Muitos homens perderam seus filhos, suas esposas, suas orelhas. A minha orelha continua intacta. Escuto o dia todo abelhas zunindo do meu lado esquerdo. Isso não é agradável. Uma colmeia no crânio. Um enxu. Um candomblé. Formigas picando meu cérebro. Ontem sonhei tava nevando na minha cabeça. Além disso, a acústica do vazio não é muito boa, mas posso afirmar com certeza que eram lâminas. Cegas, talvez por isso depois veio o falatório, os gritos, as fibras sendo covardemente rompidas. Um pano podre. A demora do ato foi tanta, uma interminável luta corporal, que é mesmo possível se tratar de uma faca de serra. Não me assusta a morte, o ritual me assusta. Torcer o pescoço de uma galinha é mais cruel do que atirar no pai. Não tinha imaginado tal loucura, no entanto, agora que citou, sim é possível, explicaria muita coisa. Não conheço a vítima, como posso saber se tem inimigos¿ Não conheço nenhum homem que não tenha ao menos meia dúzia de inimigos. Você conhece¿ Não acredito que seja útil analisar o terreno. Essa região não deixa impressões digitais e depois o que adiantaria a digital de um bandido desconhecido, sem eira nem beira. Um natimorto para o mundo. Aqui está cheio de gente assim, que não existe para o sistema. ¿Quantos zeros à esquerda a matemática pode comportar¿ Agora eu sou a única nos arredores. De forma alguma, isso não me faz suspeita, me faz vítima. Quando cheguei com os olhos tapados e as mãos atadas logo percebi que aqui as flores não murchavam, assim como não nasciam. Um cemitério loteado. Eu esfregava os dedos e esfolava a vida em potencial das sementes. A terra era fofa, quase movediça, embora não houvesse rios ou córregos por perto. Os pés gordos afundavam com facilidade. Uma terra de ninguém. Era uma estrada quase asfaltada, os homens não tiveram coragem suficiente para despejar o piche por aquelas bandas. O chão era tão preto nos dias sem lua, que eu realmente acreditava que a civilização comia e cagava ali por perto. O farelo e o cheiro de porcos não saia das minhas narinas e meus dedos se perdiam em seus rabos enrolados. Os curto-circuitos não chegaram. Os postes não chegaram. A vida foi ficando rarefeita. Eu era uma puta na esquina escancarada do mundo. O fundo do lixo. Todos os gatos eram pardos e não miavam, reviravam as latas em busca de restos, mas os restos já tinham sido devorados pelos homens. Algumas vezes fiz companhia a eles. Porque também sei sobreviver do que não serve a mais ninguém. Cansada do sucesso me esbaldava na desgraça. E se eu ainda estava aqui é porque queria ver os miolos de perto. A morte sem a tragédia e sem as representações não provoca o choro. Os homens gregos invocando mulheres, com suas máscaras fajutas ainda me fazem rir. Um homem não é o simulacro da mulher, somos duas espécies diferentes e a única coisa que nos une é a coluna vertebral no meio das costas. As notícias são vagas e trazem a fragilidade dos discursos humanos. Estalava o chiclete na boca e enfiava os dois dedos nos buracos dos dentes. Minha-boca-minha cova. Isso me acalmava, às vezes rangia os dentes. Era uma das minhas distrações preferidas. O que acabou me custando muito, minhas mandíbulas estalam e desencaixam no meio dos beijos e dos boquetes. Fiz disso um diferencial, uma idiossincrasia como dizia o filósofo, cobrava mais caro por isso, o que de certa forma era ridículo já que o ouro não valia mais nada. As minhas refeições são verdadeiras sinfonias. Minha saia deixa à mostra duas coxas que já foram grossas e firmes. Hoje são como duas próteses mal feitas. O importante é o oco vermelho – carne viva – molusco morto sem pouso a devorar a gosma branca. Corvo copulando com defunto. O branco reproduzindo a indelicadeza. Em todas as mãos carrego as cicatrizes da brutalidade. É mais fácil respirar do que sobreviver. Virgilio chegou numa noite dessas em que a lua e o desejo são minguantes. Nessas noites em que há mais baratas que estrelas. Nessas noites em que a agonia é um boneco de madeira. Percebi que seu dorso trazia

um sol vermelho e embora cansado nunca se punha...
Não pronunciei nenhuma palavra porque podia ler
em sua cara que estava farto dos discursos fáceis.
Quem nunca se perguntou se não era melhor a mudez
do que esse falatório insignificante¿ Vejo uma sutura
frouxa na boca–escarro da humanidade. Eu também
estava cheia de preencher conversas com palavras va-
zias, ele não precisava me pedir, eu me calaria, minha
herpes me incomodava um pouco, não era difícil fingir quietude. E pra mim era muito mais fácil calar,
assim os insetos não podiam copular na minha língua. Já me estrepei muito por causa da minha falta
de tato, de entendimento. Não estava a fim de me
arriscar novamente, então, o melhor a fazer era procurar uma beirada da cama e descansar até conseguir entender o que estava acontecendo. Sentei, cru-
zei as pernas e esperei, uma hora ele diria por que
veio. E isso não demorou mais do que dois minutos.
Ordenou que eu descruzasse as pernas, me levantas-
se, arrancasse a roupa porque queria um amor sem
nódulos, sem nervuras, sem liames, sem juncos. Ar-
ranque tudo, depressa, vamos, não posso mais esperar, olhe como está meu pau, duro, cheio, pesado, ele
está louco pra sentir tua buceta quente. A sua ânsia
chegou a me excitar, fiz o que ele ordenou, não min-
to, com certo prazer. Passado alguns minutos ele começou a me explicar o motivo de sua vinda. Ele precisava sentir a maciez de uma carne nova, branca,
macia. Não queria me tocar e sentir ossos expostos

pelo meu corpo. Veja, olhe minhas mãos, elas estão cortadas, são lascas de ossos. Certamente ele me confundia ou era um tresloucado. Mas eu estava cansada demais para discutir ou talvez já estivesse acostumada às insanidades alheias. O que um homem daqueles poderia querer comigo¿ Fiquei com medo, um medo que não tinha sentido antes. O que queria, afinal¿ Será que ele não sabia onde estava¿ Não sabia quem eu era¿ Já nasci com a cloaca purulenta. O que ele queria¿ Quando nasci, eu já sabia que era puta. Não pude segurar a gargalhada, que ecoou pelos quatro cantos do cubículo, como uma puta poderia saber fazer amor¿ Logo eu que media os homens pelo tamanho do pau. Logo eu que estava acostumada em cavalgar no casco duro do cavalo. Logo eu que mijava em cima de alguns homens. Como uma mulher qualquer pode saber fazer amor conhecendo as fraquezas e as perversidades do macho¿ Há uma lua podre na face de todo macho e é possível entrever sua escuridão. As mulheres fingem, fingem desde a época das cavernas. Fingimos que podemos encontrar nos homens algo mais profundo que a pele–epiderme–hipoderme que camufla seu corpo. Fingimos que podemos encontrar um som que não soe como um bater em madeira oca. Fingimos por séculos, mas no fundo sabemos que a única função do homem é preservar a espécie. O amor é uma ideia tola para distrair a mente limitada e vazia do homem, não conheci quem tenha vivido o amor, apenas alguns dementes que confundem amor com sofrimento compartilhado. Deixei bem claro que eu cumpria como ninguém meu papel, e o meu papel não era dar amor, era trepar, amor era coisa comprada, custava caro, era mercadoria importada e não conhecia quem vendesse por aquelas bandas. Se ele queria mesmo conhecer o amor deveria procurar em outro lugar, mas que eu duvidava muito que ele pudesse achar, não escutei testemunhos. E se alguém desse vilarejo achou amor não voltou para contar, guardou o segredo pra si. Abaixei suas calças e fiz uma chupeta bem feita porque era esse o consolo que eu sabia e costumava dar. Embora seu cheiro fosse desagradável, seu pau tinha um gosto inesquecível. Ele espirrou o jato quente na minha garganta. Fiquei com aquele líquido pastoso um tempo na traqueia, ele demorou um pouco a descer, fiquei intrigada, nunca tinha sentido algo tão denso, que se nega a desmanchar e olha que já tinha experimentado de tudo. Confessou que era poeta <então entendi tudo> e por isso trazia a carne putrefata e o mau cheiro, esperava que eu não me importasse, ele já tinha usado todo tipo de perfume e nenhum era capaz de disfarçar a carniça. O cheiro também o incomodava e crescia com os anos, há algum tempo nem sequer conseguia sentir nada, agora quase não consigo dormir com esse odor terrível, tenho insônias tenebrosas. É horrível ver a humanidade dormir, ficar velando o sono dos infelizes enquanto o seu sono está perdido. Os poetas trocam de pele como trocam de roupas, o dia todo eu me decomponho, está vendo¿ Tem pele descolando por toda parte, poeta é uma espécie de leproso incurável. Está com nojo de mim¿ Me desculpe não quis assustá-la. Se arrependeu de dormir comigo¿ Eu sei, a maioria se arrepende, pede para que eu vá embora antes do amanhecer. Não se preocupe eu não me sentirei ofendido se quiser que eu saia da sua cama, sei que é difícil aguentar esse odor, mas eu preferia ficar, sabe. Como disse antes sua carne não traz nódulos nem fantasmas de outros tempos. Quer que eu vá embora agora¿ Não me importava, já tinha visto de tudo. Depois continuou como louco acariciando minha pele, apalpando meus peitos, lambendo minha buceta, enfiando o dedo nas minhas entranhas, seus dedos pareciam uma pinça feita de desespero, enfiava, chegava a suar a testa com o esforço, como se tivesse a intenção de arrancar o que eu trazia escondido por dentro, de lançar minhas trompas aos cachorros. E esperar até que a matilha me devorasse. Não tenha medo querida, estou empolgado porque você é a primeira mulher pura que como. Não pude resistir e soltei outra gargalhada, dessa vez ainda mais alta, esperei e escutei de volta seu eco, ele estava de sacanagem comigo, só podia ser. Era uma das maiores bobagens que já tinha escutado, quase o expulsei naquela hora, não gostava de ser feita de palhaça. Se ele queria mesmo ficar não deveria testar minha paciência. Não deveria fazer colocações tolas. Uma mulher pura, eu¿ Você só pode estar de brincadeira¿ Você é poeta ou comediante¿ Bem, não sei se há grande diferença entre os dois... Não se irrite, não quis ofendê-la, você me entendeu mal. Bem, também sei que não é muito fácil entender minhas razões, mas vou tentar, vou te explicar o que chamo de pureza. Você verá que eu estou certo e que não quis desfazer de você, pelo contrário, você é a minha chance de salvação, se é que salvação existe para alguém, tenho a impressão que nascemos todos condenados, todos ferrados e uns mais ferrados do que outros. Mas vamos lá, acabei me desviando, vou te explicar o que chamo de pureza. Cansei de foder quem me fode a cara. Tenho levado porrada à toa. A vida inteira tenho comido apenas as mulheres de alma elevada. Mulheres que declamam Paul Celan, discutem sobre dialética e sabe o nome de todos os músculos que produzem o riso. Acreditei por muito tempo que só esse tipo de mulher pudesse me compreender, pensei que esse tipo de mulher tivesse a alma menos rasa. Estava completamente equivocado, ninguém errou mais do que eu, fui vítima de uma teoria errada que eu mesmo criei. Quer saber o que isso me trouxe¿ Nada, absolutamente nada. Percebi que a maioria das mulheres intelectuais não passa de um boi que acabou de ter as vísceras retiradas no matadouro. Todas bichos empalhados. Fazer amor com o ser amado traz à superfície os escorpiões que se escondem nos buracos. Não queria ter dormido com seres que eu amava, preferível a isso seria dormir aconchegado com meu pior inimigo, esperando uma faca me atravessar. Só quem te ama pode te levar ao inferno, pode te fazer andar por lá, pode te fazer encarar o diabo. Não posso chegar ao gozo com tantas amarguras percorrendo meu pau, minha memória, meu pau tem memória e eu tenho memória de elefante, sabe¿ Com você é diferente, seu corpo, seu sexo me é virgem, sua carne é macia, não traz nódulos de outros tempos, não tem ranhuras nem cicatrizes. Eu posso adormecer no seu colo e não cair em abismos, em precipícios. Eu posso oferecer meu pau a sua boca e saber que ele não será decepado, posso oferecer todos os meus membros e saber que nenhum será amputado. Enfio minha língua no meio de suas pernas e sei que o líquido que escorre não será ácido a ponto de me corroer. Sabe, houve um dia em que eu era esquecimento, mas aos poucos fui perdendo o interesse pelas coisas que me faziam humano, observava as guelras suspensas da noite, a pele morta dos répteis... às vezes, eu era muito parecido com um lagarto, outras eu me transformava em um sapo, um girino, disfarçava meu anseio e passava a mão pelo meu crânio e ela afundava devido a fissura provocada pela trepanação do tempo, apalpava meu ventre e sentia a cada dia que o tamanho do meu intestino diminuía consideravelmente e depois de alguns anos eu não era nada além de um peixe estripado bem na época da desova, um ser vazio, esquecido à margem lodosa do rio. Você não deve saber o que é isso, ninguém sabe. Você já viu um peixe estripado¿ Aqueles peixes que os homens pescam, tiram as tripas e depois percebem que são pequenos demais, não alimentariam um inseto, eles acham que eles não merecem ser levados pra casa, não merecem ser carregados na sacola com os outros peixes, então, eles jogam fora e eles ficam ali, mortos na margem lodosa do rio. Sou um desses peixes pequenos, não aprendi viver em cardume, virei isso que está vendo, essa coisa mole, fedida e sem serventia. Se eu ao menos fosse um touro reprodutor, aqueles touros fortes e negros, mas nem isso fui capaz de ser. Senti um pouco de raiva daquela falação toda, não pedi explicações, odiava explicações, uma puta não espera esclarecimentos, todos aqueles detalhes sobre sua angústia me incomodavam, uma ejaculação cerebral inútil, além disso, me fazia lembrar do idiota daquele filósofo, não via muita diferença entre os poetas e os filósofos, os dois não mantinham o pau em pé quando o cérebro funcionava, os dois misturavam tesão com citações bibliográficas, tentavam impressionar com a exatidão frouxa das palavras. Nenhum dos dois entendia que as palavras eram mortas e a língua no sexo valia mais que um bando de léxico sem sentido. Ele demorou alguns dias para partir, disse que seu corpo estava sem forças e ele precisava de um tempo para se recuperar. Além disso, tinha um ferimento na perna, ele andou muitos dias antes de chegar e por isso o ferimento tinha piorado, não era nada sério, no entanto, ele deveria repousar antes de retomar a caminhada. Posso ficar por aqui¿ Eu compreendo se você não quiser, não quero obrigá-la a nada, é que não há nenhuma casa pelas redondezas. Eu me contento com pouco, qualquer cantinho, posso dormir no chão ou junto com os cães. Não fiz nenhuma objeção, disse que poderia ficar o tempo que quisesse desde que me pagasse, não gostava de fazer favores, não estava acostumada a fazer favores, ainda mais a um estranho, isso faria de mim uma mulher fragilizada, além disso, não gostaria que pensasse que eu era sua amante, não era bom confundir as coisas e eu não seria amante de alguém que falasse tanto, alguém que bordasse horas em torno do próprio centro. E também deixei claro que ele limparia a própria sujeira, principalmente aquelas peles que não paravam de se desprender do seu corpo, isso poderia afastar os outros clientes. Era meu ganha pão, não podia ser prejudicada por um qualquer que chegasse ali pedindo ajuda. Minha casa não era uma pensão. Não era nada pessoal, seria dessa forma com qualquer outro que pedisse para ficar. Ali nenhum homem teve coragem de pedir abrigo, os que ficaram, só ficaram pra foder, ele era o seu primeiro hóspede, acho que podemos chamar assim. Ele concordou com tudo, parecia feliz em poder ficar em um território neutro e nas noites que se seguiram não presenciei suas insônias. Nesses dias comecei a entender um pouco das agruras do amor. Ele me contou casos horríveis, alguns reais, que ele mesmo viu acontecer ou participou ativamente, outros ficcionais, mas como ele mesmo disse, a ficção, às vezes, é mais cruel e verdadeira que a realidade. Passei dias agradáveis, me distraindo com suas histórias fantásticas. Comecei a perceber o quanto o amor se parecia com um cão encarcerado. Um cão emplumado, mas que não pode voar. Senti pena dos amantes. Senti pena de mim. Eu também era peixe pequeno, mas me fingia de cardume pra escapar da multidão, sigo em frente, minhas escamas têm despistado os imbecis, têm sido minha melhor defesa. Não é fácil viver mantendo os olhos abertos e saturados nas rochas. Pagamos caro por não termos criado pálpebras. Somos protegidos porque vemos tudo, cada minúsculo detalhe, cada próton se desprendendo do núcleo e somos amaldiçoados porque vemos tudo, cada minúsculo detalhe, cada nêutron se desprendendo da matéria. Somos amaldiçoados porque não nos negaram de ver. Passado um mês de descanso o ferimento da perna de Virgilio fechou, a pele ainda estava um pouco fina e lisa, mas ele estava totalmente recuperado. Ele me deu um beijo, agradeceu pelo amor puro que lhe dei, agradeceu a estadia, tirou uma quantia razoável da carteira e colocou em cima da cama. Fiz menção de recolher o dinheiro, mas logo percebi que tal ato era ridículo, cobrávamos apenas pela força do hábito, o dinheiro não podia comprar mais nada naquele povoado. Arrumei a coluna que já estava um pouco arqueada em direção à cama, estendi minha mão e balbuciei adeus.

Ele disse que talvez voltasse um dia, talvez encontrasse um povoado além desse, talvez criasse cabras, ele ouviu que elas ainda existiam aos montes em algumas regiões, talvez conseguisse um roçado, talvez criasse cavalos, talvez escrevesse um livro, talvez matasse um homem, talvez... e enumerou tantos fatos hipotéticos que tive certeza que jamais o veria de novo. Quando vivemos muito tempo é fácil saber que talvez significa nunca ou não conte com isso boneca. Quando Virgilio foi embora, confesso que me senti um pouco triste, embora não tenha soltado uma risada sequer na despedida, de alguma forma o seu cheiro, com o passar dos dias, parou de me incomodar e pensei que viver junto com alguém é mais ou menos como ter uma unha encravada, é ruim, mas nos acostumamos a ela. Não tive escolha, decepei o dedo. Depois de alguns meses não conseguia entender o motivo de eu ter entristecido, afinal, não existe companhia mais perversa do que a de homem e toda exaustão que ela provoca, ainda mais de um homem que tem um pacto diabólico com as palavras. Naquela tarde fiquei pensando como algumas vezes tomamos decisões precipitadas e inúteis, e por um momento fiquei satisfeita em ser uma pessoa fria. Não tardou e o homem que eu não esperava chegou. O amor principia na primavera. Ele trazia um medalhão com esses dizeres bestas e se não fosse seu aspecto vulgar não lhe daria ouvidos. No entanto, aquela cara ordinária não dava para passar despercebida. Ele tinha a aparência de um homem piegas, desses que fingem ser ricos e se dão muita importância, mas não têm onde cair mortos. Bigode preto, lustrado com babosa, terno e sapatos brancos. Correntes de ouro. Poderia jurar que ele, um dia, morreria de amor, como nas novelas mexicanas. Como nos amores que acontecem todos os dias nas sarjetas, nas ruas asfaltadas e escuras. Como os filhos gerados e abortados nos becos mal cheirosos. No entanto, eu sabia: todo amor feliz se transforma em péssimos livros, as orelhas sujas das páginas se multiplicam nos dedos do universo. Não havia tanta diferença entre o anoitecer e o amanhecer. Solstício-Equinócio no meu corpo vago. Planeta solto. Planta morta. Lua vermelha/ Pôr do sol no meu cóccix. Olho-consciência do cu. Ele tinha gingado, ele podia segurar o amor como segurava os bagos, chacoalhá-lo, vê-lo dançar e mijar em suas mãos. Ele podia qualquer coisa que quisesse porque tinha nascido velho e sabia enganar até mesmo o Diabo. E ele usaria de toda sua esperteza para ludibriar as putas daqui, mas o que ele não imaginava é que aqui era outono o ano inteiro e por isso, talvez, as paixões não florescessem. Vai ver que era por isso que as poucas putas que conheci por esses lados eram tristes e tinham os olhos bordados por grandes olheiras. Figueiras secas ainda que frutíferas. Não há nada mais brochante do que uma puta triste. Prefiro à morte a exalar tristeza pela buceta. Só mesmo nas histórias dos latinos que as putas são decentes, infelizes e amorosas. Nunca conheci uma vagabunda que não gostasse de foder mais do que tudo na vida. E agora eu aqui, sozinha nesse buraco, disputando espaço com as formigas. Ninguém pra trepar. Um dia eu invoquei que iria me apaixonar pelo primeiro homem que me tratasse bem. Ou pelo primeiro que não enfiasse nada além do pau na minha buceta. Assim foi que eu me apaixonei por um maquinista. É difícil acreditar que um maquinista tem vida, é como se todos fizessem parte do trem, fossem apenas mais uma peça, um encaixe. Gostava de seu jeito de operar o meu corpo, procurando engrenagens para me desfazer. Sinceramente não sei de que lugar ele saiu, havia duzentos anos que os trens pararam de circular. Talvez ele só operasse trens na sua imaginação, às vezes, confundimos nossos desejos com a nossa realidade ou vice-versa. Olhando pela fresta ainda dá pra ver algumas carcaças. Depois que ele partiu nunca mais me apaixonei, e eu passei a observar todos os dias as carcaças sendo roídas pela terra, era um tipo especial de pôr-do-sol sobre as ruínas. O inusitado é que ele não tinha mais do que trinta anos e um dos melhores cacetes que conheci. E ele não precisava de mais nada pra me fazer feliz. Desconfio que nenhum homem precise, desconfio que a felicidade só exista no meio das pernas e não dure mais do que o tempo de um orgasmo. Tampouco creio em orgasmos múltiplos. Todos os homens que não souberam me comer me fizeram infeliz. Passávamos semanas inteiras trancados no banheiro.

Conheci a fundo cada centímetro daquele lugar, gozei em todos eles. O cheiro úmido e ácido não nos incomodava. Ele cuspia no meu sexo e depois me penetrava, primeiro pela frente e depois por trás. O mofo das paredes crescia, as lagartixas multiplicavam e despencavam por falta de espaço, formavam um tapete pegajoso no chão, simultaneamente nossas peles ficaram escorregadias como as dos sapos, o que auxiliava que nossos corpos ficassem grudados um ao outro. O ferrolho procriava ferrugem. Foi assim por três meses. E talvez as coisas não tivessem mudado se ele não tomasse aquela atitude, não o culpo, era preciso. Não conheci o tédio nesses meses. As micoses tornavam minha pele esbranquiçada, mas não me importava. A umidade fez meus cabelos criarem fungo e caírem, também não me importei, não era a crina que me distinguia dos homens, era o meu pênis amputado que me fazia diferente deles. Um dia ele se injuriou, enxugou o chão com a língua, tomou urina, comeu as próprias fezes, raspou o casco que tomava a superfície da sua pele, cavou um pouco mais o fosso, procurou água, matou os bichos que se escondiam nos cantos, removeu o limbo das paredes, arrancou as unhas encravadas com os dentes, gravou os dentes nas minhas costas, não se conteve, engordou, alargou os ombros, esticou o pau, eles mal cabiam na pequena latrina. Limpou a ferrugem, cuspiu pro lado de dentro da boca, não mais no meu sexo, destrancou a porta e se foi. Soltei um último gemido, não mais de prazer, embora me masturbasse enquanto ele partia, pois tinha me acostumado ao amor fácil. Antes de partir, me entregou um punhal e disse o amor e o tango corta a carne e se não percebemos cutuca até o osso. Não pense que eu te amei. Se está pensando isso está muito enganada, está mesmo louca. Escuta bem, não te amei. Não seria capaz de te amar. Nenhum homem é capaz de amar uma puta, isso qualquer idiota sabe, você sabia quando chupou meu pau pela primeira vez. Não pude impedir que me chupasse, que homem conseguiria resistir¿ A fraqueza do homem está no pau. Sei que gostou, eu gostei também, mas isso não pode seguir, tenho planos melhores. Minha vida não pode se resumir a uma foda eterna. Os homens amam suas esposas ou outros homens. Não quero dizer com isso que não me diverti, me diverti muito, mas cansei de olhar a lua partir e o sol chegar a lua partir e o sol chegar e a lua partir. Você mesmo me disse que o cotidiano era entediante e botava bicho na carne da gente, que dias iguais era como assistir eternamente aos mesmos filmes. Eu não te escutei bem porque te comia, porém, agora, vejo que estava coberta de razão, eu é que estava com a porra na cabeça. Quero outra coisa, a rotina não cai bem a uma puta, você deveria ter sido mais esperta. Uma puta é uma puta. Você deveria ter me mandado embora, deixado eu te comer e depois me espancar, me expulsar, seria mais coerente com sua profissão, ao invés disso foi me deixando ficar e eu fui desacreditando de você. Puta é como um carro velho que a gente gosta de subir, de vez em quando, mas passa adiante. Concordei com ele, não gostava de discussões. Eu não poderia viver a vida toda trancada num banheiro trepando, embora ainda acredite que o sexo é a única coisa sincera, o clitóris não mente, o grito pode ser fingido, mas não o desespero da vulva se contraindo e pedindo mais. Ainda sonho com seu cacete. Acordo no centro da noite, na beirada e preciso me tocar. Me tranco no banheiro. Passo a língua na parede, cuspo e com o dedo simulo um caralho. Uma escuridão sem tamanho, improvável, visível só para os cegos. Escarafunchei o esgoto. A merda me cheirava bem e não era imiscível, pelo contrário, eu era feita daquela mesma matéria aerosa. Era afeita aos cães e aos gatos pardos. Os leões eram raros. Foi por essas horas que descobri que estava abandonada no meio do nada. Há poucos minutos eu me encontrava na escuridão úmida do meu banheiro e agora estava ali estatelada em um espaço estranho. Não havia nenhum barulho, nenhum rumor, nenhum ruído, é como se eu estivesse presa na impossibilidade. Como oferecer meu ouvido não resultou em nada, tentei enxergar, mas mesmo meus olhos eram inúteis ali. Olhei ao redor e tentei reconhecer o lugar. Nada parecia familiar, era tudo minuciosamente novo, de um novo claro e esquizofrênico. Pensei que talvez tudo aquilo não passasse de um pesadelo, ou quem sabe depois da masturbação eu tivesse escorregado no banheiro, batido a cabeça e entrado em coma. Mas essa hipótese também era improvável, não havia marcas no meu corpo, além disso, eu estava bem acordada, eu não estava de modo algum inconsciente, meus pensamentos continuavam ordenados e as coisas aconteciam de forma cronológica, bem diferente da ordem inexata dos sonhos. Tentei encontrar outra explicação para o estado em que me encontrava, mas todas elas não encaixavam. Respirei fundo e tentei me acalmar, talvez as coisas não fossem assim tão ruins quanto pareciam à primeira vista. Revirei minha memória, refiz mentalmente meus passos desde a hora em que acordei até a chegada ao banheiro, isso também não surtiu efeito. Continuei sem saber como havia parado ali. O negócio era esquecer e esperar o sono chegar, tentei por meia hora, mas o sono não veio, então resolvi tentar me levantar, não consegui, era como se algo pegajoso me prendesse ao chão. Procurei meus dedos, eles formigavam, como se pertencessem a outro corpo. Me lembrei que antes de apagar eu me tocava, tentei levar as mãos até as narinas para ver se ainda sentia o odor do meu corpo, eu poderia estar ali há vários dias e nem der me dado conta. Mas, embora minhas mãos não tivessem atadas, não podia movê-las. Fiquei desesperada, comecei a me debater com toda força no chão. Não era possível, alguém deveria estar por perto me vigiando, mas por quê¿ Por que eu¿ O que queriam de mim¿ Eu não tinha nada a oferecer, nada mesmo! Não devia ser sexo porque não nego prazer nem a um mendigo. Eu não conseguia entender o que estava acontecendo, uma parte do meu rosto também estava paralisada. Tentei mexer a outra mão e percebi que ela respondeu aos meus estímulos. Então tentei a mesma coisa com a perna e ela também respondeu. Não sei o que eles aplicaram em mim, mas metade do meu corpo estava morto, apenas uma metade de mim respondia aos estímulos externos. Vi do meu lado esquerdo um pó branco, que logo supus ser cocaína, claro que aquilo poderia muito bem ser só um pouco de sal, mas preferi acreditar na suposição anterior. Me debati ferozmente, até que o meu lado são conseguiu pegar um pouco daquele pó. Eu precisava cheirar, precisa cheirar muito para sobreviver, meu corpo procurava o entorpecimento, meus poros precisavam de alívio. Foi exatamente o que eu fiz, cheirei, cheirei todo aquele pó branco. Já não sabia distinguir o que era aquela substância, fazia tempo que não via cocaína, era bem duvidoso que se tratasse de cocaína. Hoje tenho quase certeza que aquilo não era cocaína, suponho que fosse outro entorpecente qualquer, pois não fiz outra coisa além de dormir um sono conturbado, um sono que durou várias noites seguidas. Tive pesadelos terríveis, tentava acordar e não conseguia, os meus gritos não saíam da boca. Foram muitos dias que passei ali, vomitada naquele chão, sem poder me mexer. Aos poucos a paralisia foi melhorando, o formigamento começou a aparecer, indicando que logo estaria curada. Nessas alturas não tentei mais lutar, fiquei ali até a paralisia acabar de vez. Devia ter se passado uns dez dias quando consegui me levantar e olhar ao redor. No entanto, não havia nada para olhar, estava tudo deserto, não havia ninguém, era um quarto pequeno sem janela, sem móveis, sem plantas. Ao lado de onde ficara deitada havia um balde com água pela metade. Sai correndo daquele lugar, eu precisava fugir o quanto antes. Andei muito, muito mesmo, mas não encontrei nada além de um córrego. Não tive escolha, voltei para aquele quarto pequeno e vazio, uma hora eu teria que me lembrar como eu chegara até ali, enquanto não lembrasse seria impossível fugir. Não fazia ideia para que lado ficava o povoado. Nos dias que se seguiram eu fiquei trancada e quando a água acabou fui obrigada a andar quilômetros para buscar, o bom é que já tinha descoberto o córrego, ainda não sabia onde ficava o rio, mas ele não devia ficar muito longe e depois por que eu precisava de um rio ou de um mar se havia um córrego¿ Costumava colocar o balde sobre a cabeça <vi nos filmes, isso há muito tempo, antes da guerra> que isso facilitava as coisas, o crânio era mais resistente do que os braços. Por uns meses não tentei compreender o por que estava naquela situação e nem quem tinha me colocado nela. Andava por aquele lugar o dia todo, assim quando chegava à noite eu conseguia adormecer sem dificuldade. Numa dessas noites, escutei urros de animais, barulho de roedores, homens discutindo e batidas no chão, fiquei quieta, me fingi de morta. Até hoje não entendo o que aconteceu, senti uma pancada na nuca e quando acordei já estava na cama do meu quarto e um antigo cliente batia à porta. Não tive tempo para pensar em como tinha chegado até ali. Eu era apenas uma mulher, puta, mas mulher, não é nosso costume pensar, vivemos graças a intuição. Se não fosse isso não teria sobrevivido quando o primeiro filho da escória me socou a cara. Depois de alguns anos me acostumei. Era bom ver um homem subjugado a outro homem. Mais do que gostar, eu me excitava com pouca coisa. Meu cu já estava condicionado ao prazer fácil. Não podia ver um homem estourando os miolos de outro, quase gozava, sentia o líquido nascer e borrifar minha buceta. Era bom ver o limite da dor alheia, contar devagar as fraturas expostas, o ombro deslocado. A violência arrepiava minha pele, eriçava meus pelos, ficava molhada, colocava os dedos no meio das pernas e eles estavam encharcados, então socava ali mesmo, primeiro com a ajuda dos três dedos, depois procurava um cacete pra me satisfazer. Gostava de ver a vítima sofrendo, queria que ele comparasse sua dor com meu gozo abundante. Algumas vezes cheguei a sentar no cacete do escorraçado. Deitava no chão, acendia um cigarro (naquela época eles não tinham nacionalidade, não precisavam ser cubanos, precisavam apenas queimar) e ficava observando com lascívia, às vezes, colocava os dedos novamente entre as pernas e treinava o pompoarismo enquanto fumava. Não tinha pau, mas assim mesmo sentia que eu estava de pau duro. Deve ser aquela tal história de você sentir o membro amputado. Tantos paus entravam em mim que eu podia dizer que já tive um pinto, já mijei em pé. A urina respingando perto do zíper. A música estava baixa. Não dava pra identificar direito. Um jazz, talvez. É, tem razão, talvez eu imagine que seja jazz porque sempre apreciei jazz. As putas, às vezes, gostam de ouvir boa música enquanto trepam. Eu gostava, até gemia ao som do sax. Também me excitava ao assistir os filmes de Bergman. Isso antes da guerra, antes da destruição das cidades, agora nossos prazeres eram outros, bem diferentes, limitados, precisamos lutar para comer, disputar um naco de carne, se humilhar. Assim mesmo não sou uma qualquer. Cada solado faz uma marca sem igual onde pisa. 37 o meu número. Gostava de jogar no bicho. Esse número me dava sorte. Desde que conheço Rámon todos os números eram o seu número da sorte, nunca presenciei ninguém ganhando um tostão com suas cartelas a não ser ele mesmo. Rámon era um grande bicheiro, um puto. Era mais fácil confiar num bandido do que no desgraçado. Sabia enrolar como ninguém, cinco minutos de conversa e ele podia te convencer de qualquer coisa e ainda te arrancar a roupa. De tempos em tempos sumia, depois voltava com ninharias, achava que podia me comprar com porcarias, eu não me vendia por migalha. Às vezes, aceitava os objetos que ele me oferecia, apenas para não lhe fazer desfeita, pois apesar de não prestar, era muito simpático, era impossível não amolecer com seu jeito. Ele trazia objetos tirados de um antiquário, que segundo ele, era herança de família, uma irmã cuidava quando ele partia. Ele dizia que antes da guerra tinha sido muito rico, que havia filas de mulheres querendo se casar com ele, mas ele comia todas e depois descartava, não gostava de amor interesseiro. Achava difícil essa história ser verdade, Rámon trazia na cara a marca da pobreza, era óbvio que nunca tinha sido rico, no entanto, depois da guerra, quem sobreviveu conta a história que quiser. Também não consigo acreditar nessa de antiquário, mas afinal, pode ser que exista outro mundo além desse, pode ser que algumas cidades tenham sobrevivido à catástrofe. Nada fazia mais sentido do que uma loja de quinquilharias e hoje qualquer quinquilharia poderia ser chamada de obra rara. Rámon era escorregadio, trocaria a mãe por um abajur, se tivesse uma, nasceu de chocadeira. Aquilo ali não tinha como ter sido gerado dentro de uma barriga, quando muito de um ventre de égua. Quando eu estava dura, ele me pagava e se contentava com uma chupeta, desde que eu engolisse com vontade e eu sabia fingir vontade como ninguém. Se a mulher tem uma vantagem sobre o homem é fingir vontade. A mulher sobrevive até hoje por causa do fingimento, se não fosse isso já teríamos sido exterminadas. Não tive tempo para supor nada. Sei que não conhecia o rosto que vi entre as frestas, se já o tivesse visto antes eu reconheceria. Com certeza ele não é desse povoado, se fosse, não escaparia. Vou te falar uma coisa: há duas coisas que não esqueço, uma face e um pau. Odeio situações hipotéticas, de hipotética já basta essa passagem só de ida. Uma máquina, uma câmera, sei lá, um caleidoscópio, quem sabe? Um filme sem roteirista. Lá dentro era escuro – bicho barbeiro fantasma de infância – mas isso é irrelevante. Os rizomas nos desviam do tronco frondoso. A seiva nos recorda o leite de seios volumosos. Minha mãe tinha o peito seco e nem reza braba resolveu o problema. A fome nos deixa imaginativos em excesso. A invenção é arma dos fracos, por isso, odeio tanto ficcionistas e filósofos. Nunca conheci um miserável que não fosse exímio contista. Silêncio é para os desalmados. A falta de dentes estimula a fantasia. Quantas bocas bonitas eu vi se perdendo em orgias baratas. O que está no foco de luz pode ser visto com nitidez. Claraboia. Foi assim que testemunhei muitos crimes. Foi assim que matei muito bicho encardido escondido na claridade, me fingindo de escuridão. Às vezes, o homem esquece que também é bicho, que também pode fazer um buraco e se enfiar dentro até que a tempestade passe. Os criminosos se esquecem que no escuro podemos enxergar o que está no claro, mas o inverso não é verdadeiro. Também foi assim que experimentei pela primeira vez o gosto peculiar da carne humana. O gosto, a textura. A nervura confundindo os dentes. O tutano despencando dos cantos da boca. Não imaginei que um dia eu provaria um ser da minha espécie, pior que isso, eu não imaginei que eu gostaria tanto. Posso dizer que só uma coisa se equiparou à sensação estonteante de mastigar a carne de um homem. O quê¿ A sensação que tive ao cheirar duas carreiras inteiras de cocaína e depois sentar em um pau. Você acha mesmo tão inaceitável o canibalismo¿ Não vejo nenhum absurdo nisso, o homem é um bicho como qualquer outro, com a diferença que é preciso tirar as peçonhas antes de mastigar. Alguém já chegou ao cúmulo de devorar o próprio feto? É um ritual em algumas tribos vizinhas devorar-aniquilar o primogênito. Qual o espanto, afinal? Quantos animais já devorou com requintes de homem civilizado? É engraçado nosso hábito de se indignar, é quase uma reza decorada, uma ladainha, mas não há uma indignação real, é uma maquinaria, não temos a capacidade verdadeira de ter escrúpulos. Confesse, você também, como eu e como os outros <aqueles ali que se refestelam triturando os ossos> você também comeria dessa carne se estivesse em nosso lugar, você também daria a pancada fatal por um pedaço maior na divisão, você também disputaria a carne dos mortos com outros vivos famintos. Vamos, não se envergonhe, eu te entendo, eu não vou te recriminar, se quiser pode falar ao pé do meu ouvido, eu até gosto de escutar segredinhos sujos. Aqui não ligamos mais para os bons modos, as boas maneiras acabaram com os instintos dos homens, tornaram os homens uns babacas, uma raça extinta. Você é mesmo um covarde! Você é como os outros, não sabe cagar sem mentir. Não espere que eu te ajude com meu relato, você está me dando nos nervos. Então, é assim¿ Só eu preciso colaborar¿ E por que eu colaboraria com você¿ O que eu estou ganhando¿ Quer saber, não estou ganhando merda nenhuma e não abro mais minha boca, se quiser descubra sozinho. As coisas não são assim pra você¿ Você está se achando o máximo, não passa de um mosquito lambendo bosta. As moscas continuam paradas botando os mesmos ovos em feridas diversas. Você de perto me parece tão hipócrita! Então quer fingir, olhando nos meus olhos vesgos (nesse mundo é preciso arrancar as vísceras do peixe e atirar dardo no gato ao mesmo tempo) que nunca reparou que todos os dias os homens comem uns aos outros, como os escorpiões e seus canibalismos e o louvor ao próprio rabo¿ Tenho ouvido tantos discursos bonitos, mas eles nunca estão em sincronia com as ações. Os homens são devorados e nem sequer escutamos nada, é como se fossem insetos, invertebrados. Gafanhotos destruindo plantações. Um aglomerado insípido de células. A parte inferior dos membros. Com certeza era de titânio. Ou qualquer outro material impenetrável. Apenas os pensamentos são porosos e as ideias líquidas. Pude reconhecer pelos estalos de suas andanças, de seus pontapés. Chuteira de aço. Os filhos da puta têm mira certeira. Eles sabem como e onde acertar e não tremem por nada. Isso pouco importa agora. Ninguém liga pra detalhes, eu não ligo. Os trouxas e os poetas é que perdem o tempo com insignificâncias, procuram com desespero a vírgula exata. A maioria pensa em arroubas. Contabiliza cada pancada, as canelas sempre roxas. A coxa roliça (a gordura pesa mais que os nervos)[11] por cima do osso branco disfarça toda carniça. Aquela sobre a qual já beijei-mordi-escarrrei. Risquei nomes, fiz anotações, livros infames que se apagaram depois do banho, mania de Sade. Cuspi cada palavra em seu ouvido de merda. Você me dizia que se excitava com as sacanagens que eu falava enquanto cavalgava no seu quadril. Você era o tipo que não encontrava a felicidade em buceta nenhuma, era um homem do ressentimento, morreria guerreando com os próprios fantasmas e xingando as vitórias alheias. Nada o fez feliz ou simplesmente satisfeito. Eu devia ter percebido o quanto estava sendo idiota, não percebi. Não confiava em homens, você era indiferente e isso me enganou. Não, eu não estava apaixonada, no entanto, havia algo em você que me intrigava e eu precisava te seguir. O que eu faria depois¿ Não sei, poderia tanto fazer amor quanto dar um tiro no meio da sua testa. Quando anoitecia eu gostava de passar as mãos pelas suas vér-

---

11 Alguns novos cientistas estão tentando provar que o peso da gordura difere em 0,000 1 do peso do nervo. Cientistas ortodoxos não admitem tal absurdo.

tebras e vê-lo se envergar feito um felino. Eu era humana demais para suas abstrações, seus pensamentos eram gordos, obesos, eu não acreditava que eles vinham daquele corpo mesquinho, quase anêmico, quase kafkaniano. Jamais foi visto comovido. Seu rosto era branco e sem feições, um boneco de cera. Algumas vezes eu corria em silêncio, seguia suas trilhas. Escondia meu corpo magro atrás das árvores minguadas. Nessas horas eu tinha um medo tremendo de ser pega em flagrante. Como iria me explicar¿ O que diria a ele¿ Que eu o seguia apenas por uma curiosidade tola¿ Com certeza ele não acreditaria, exigiria motivos complexos e meus motivos eram torpes. Respirava profundamente para não perder o fôlego e não precisar gritar por socorro. E depois se eu caísse estatelada ali, no meio daquele deserto ele me veria, não sei se viria ao meu auxílio, mas eu seria desmascarada. Naquele ar seco era fácil desmaiar e perder os sentidos. Eu não queria desmaiar, eu não queria ser comida viva pelos caranguejos. Conheço a história de um homem que se perdeu por esses lados e foi devorado vivo, sem ter quem o ajudasse. Ele nunca me viu ou fingiu não ver. Ele dizia que os homens só faziam sentido se pudessem se camuflar na dureza da rocha. Ele sentava na pedra, ao lado da vasta carcaça, e comia a cabeça dos peixes grandes. Apenas dos peixes de tamanhos consideráveis, os outros ele despejava novamente no mar, como se não merecesse o privilégio de suas mordidas. Eu o observava soturna, distante, enquanto o cérebro daqueles animais eram aniquilados e os seus corpos, intactos, iam se amontoando à beira da água. Antes de morder ele pronunciava algumas palavras, no entanto, era impossível distinguir os sons àquela distância. Depois antes de enfiar os dentes, chupava a cabeça até saltarem as órbitas. Eu tinha a impressão que se ele continuasse ali por mais uma hora, todos os animais seriam extintos e o mar se transformaria num grande cardume morto. Meus olhos doíam por olhar as escamas caídas a sua direita. Minhas mágoas fediam mais do que aqueles peixes destroçados. Ele era um homem mau e isso não me ofendia. Ele não era um homem de sutilezas, nunca conheci ou chupei um que fosse. Um dia pediu para que eu fechasse os olhos e abrisse as mãos, ele tinha um presente. Fiquei surpresa, não imaginei que ele fosse capaz de um gesto de carinho, eu achava que ele só soubesse pedir, estava errada. Fechei, abri os olhos e vi o escorpião azul andando em direção ao meu braço. Não pronunciei nenhuma palavra, nenhum gesto de agradecimento, ele sorriu e perguntou se eu tinha gostado. O que eu podia responder¿ Não queria ofendê-lo, era a primeira gentileza que ele demonstrara desde que chegou ao povoado, não queria magoá-lo. Continuei calada observando o escorpião escalando meus seios, ele circulou pelos meus mamilos, ele não conhecia o segredo das fêmeas, não demorou muito e ele se perdeu nos pelos da minha pélvis. Não o insultei, esperei ele roçar meu clitóris, soltei um pequeno gemido, ele caiu, em seguida o pisoteei, senti sua carapaça romper, a madrugada alta indicava que logo o sol comeria o resto de seu corpo. Não sei por que eu fiz aquilo, não queria que ele pensasse que eu estava desprezando o seu presente. Ele me olhou longo nos olhos, ele estava triste, soltou um grunhido e partiu. Não gritei, não pedi para que ficasse, eu sabia que ele não estava no seu lugar, ele não era daqui, ele não era de lugar nenhum, não pertencia a nenhuma espécie, ele era um hibrido, ele estava vagando e continuaria assim até a morte. Ele não se adequaria ao nosso modo de vida, aqui não existe espaço para lunáticos. Eu gostaria de ajudá-lo, mas não poderia, eu era um peixe voador e ele nunca conseguiria decepar e comer minha cabeça. Na filosofia do buraco não existe firula. Pau é pau e serve de instrumento de combate. Não há mulheres, é o velho problema da colheita humana, os homens preferiam comer outros homens, assim evitavam a multiplicação e consequente divisão do pão. Embora muitos de nós não fôssemos mais nômades, tínhamos nossas regras, só assim seria possível sobreviver à escassez. Eu, a última refugiada. Era vista como uma vagina. Quando enjoavam de comer uns aos outros, me procuravam. Puxavam meu cabelo, na altura da nuca e socavam sem piedade. Algumas vezes eu respondia ao ataque com longos gemidos. Logo após o ato cuspiam. Estavam satisfeitos era evidente. Eu era boa, mesmo quando passiva. O sangue e o cuspe refrescavam o meio disforme das minhas ancas. Muitos mundos já haviam despencado daquela bacia. Mas agora estavam distantes e nem sequer lembravam de onde saíram. Uma vulva gigante e vaga assombra minha cabeça. A gente nunca se lembra. A primeira terra que levamos à boca cheira a desgraça. Todo entardecer traz corpos putrefatos à porta. A mão em punho procura um bucho pra se aliviar. Um poente para destrinchar-estripar. Quem pode afirmar que nunca sentiu vontade de apunhalar o pai e comer a própria mãe? Tonha, minha mãe trazia no nome a desgraça da velhice. Não era preciso chegar até ela pra saber que nasceu velha. Primeiro tocou os pés no chão, como um bicho arredio, só depois desenterraram do útero a cabeça. Por isso vivia meio assim, no mundo da lua, por isso a loucura a tomou pra si. Conhecia de cor apenas reza e nomes de raízes. Nem por isso deixou de dormir com muitos homens. Era fraca, acreditava que os homens não eram propensos a paixões duradouras. Eles deixavam as mulheres antes que a barriga começasse a despontar. Ela mesma, antes do meu pai, dormira com muitos homens, mas todos se foram. Tenho muitos irmãos pelo mundo. Não sei nada deles e eles não sabem nada de mim. Às vezes desconfio que já tenha dormido com alguns deles. ¿Como reconheceria? Os homens são todos iguais, exceto pelo tamanho que carregam no meio das pernas. Depois não há de ser incesto dormir com um meio irmão estrangeiro. Meu pai não conheci. Era um grande homem, comia com os olhos vidrados no prato. Era reto, direito. Cavoucava a terra com tanta vontade que até as minhocas saltavam assustadas, pulavam cortadas ao meio. Mas você sabe como é, minha filha, mulher quando cai nas graças de um homem não sossega enquanto não lambe seu caralho. E a felicidade de uma mulher é sempre a desgraça de tantas outras. Implorei para que ficasse, esquecesse aqueles quadris perfeitos, pois logo mais eles se alargariam e abocanhariam o mundo, uma mulher não se mantém bonita por muito tempo perto de um homem. Logo mais seus seios duros penderiam do corpo como dois frutos podres. E sua buceta, não teria pra sempre aquele frescor da juventude. O que ele estava vivendo era uma ilusão e logo logo acabaria. Eu conhecia os homens, eles se impressionavam fácil com a beleza, mas a beleza nunca os levou a nada. Implorei de novo, ajoelhei, arranquei suas calças com a boca, lambi seu pau como nunca tinha feito antes, mas ele nem se importou, me deu um empurrão e me chamou de vadia, disse que uma mulher de verdade se mantinha em pé na desgraça. Acabou indo embora com a Flor. Eu fiz tudo que pude pra evitar, mas ele estava cego. Ela era vistosa, tinha pele macia e fina. Seus olhos imploravam para que o tempo a estuprasse, e ele, o tempo, aceitou o convite. Flor voltou depois de três anos com dois filhos murchos debaixo do braço. Falou que seu pai se meteu no meio do mato. Não queria mais saber

A PUTA **101**

de mulher, mulher era coisa do demônio, que só fazia era atormentar a cabeça do homem, desviar ele do caminho. Mulher não valia uma trepada. Mãe dizia coitada, mas eu via no olho dela que estava feliz porque Flor também tinha envelhecido e criado ainda mais ruga que ela em torno da boca, agora era uma cisterna de mágoas. Tinha criado musgo na buceta. Coitada agora acho difícil ela encontrar homem. Que homem vai querer ir embora com uma mulher de boca mucha-buceta úmida de fungo¿ Não sabia não, homem é bicho estranho, rarefeito, não faz sombra na terra, difícil adivinhar do que é capaz. Uma lacraia move o muro, a mesma lacraia que atormentou Lorca no século XIX. Não arranjo briga por nenhum, são escorregadios como sapo. Certo é que não foram feitos pra fazer mulher feliz. Aprendi depressa que amor era produto de luxo, comprado em boutique. O amor foi invenção do tédio. Nos entediamos, criamos a monogamia e chamamos essa neurose de sentimento amoroso. O mesmo corpo que esfola nos dá prazer. Coisa fina. Madame é que enchia a boca pra falar que estava amando, tinham encontrado o homem certo, como se os homens tivessem nascido para se adequar às medidas, como se os homens fossem capazes de nascer, de romper a casca da animalidade. As outras davam cria feito rato. E eram animais feios. Era uma ninhada atrás de outra, ratos de todas as cores. E de Paris só conheciam nome de perfume falsificado. Era furúnculo, cisto. Carne bichada. Quanto a mim, não deixaria que um bicho estranho se desenvolvesse dentro de mim. Meu corpo não foi feito para abrigar outro corpo. Não levo jeito para a maternidade, um filho é um atraso de vida. Um filho é um escarro esquecido, engolido e que acaba escorregando pelo buraco da buceta. Eu o arrancaria com as minhas mãos agora mesmo se pudesse. Não tenho medo ou piedade, esses tipos de sentimentos acometem apenas os fracos, eu tenho a alma nobre, aristocrática. Não entendo que raio de descuido foi esse, poderia ter evitado essa dor de cabeça, está certo que não é a primeira vez que acontece, mas das outras consegui resolver sozinha, eu e as agulhas de tricô. Não sei o que acontece dessa vez, sangrei, sangrei, e o maldito não sai, está brincando comigo, com a minha paciência. Tive que procurar ajuda. Fui até a parteira, aquela que trazia ao mundo e também tirava do mundo os filhos indesejados. Eu não sabia mais o que fazer, já tinha tomado todos os chás e feito todas as simpatias que conhecia e aquela coisa continuava a alargar meu ventre e minhas ancas. Era estranho aquele bicho, tão pequeno e cheio de caprichos. Ele tinha se apossado do meu corpo, um parasita, se alojou sem pedir licença e se negava a sair. Eu já o odiava e ele não passava de um grão de feijão. Ele não passava de um grão e já me irritava, atormentava meu sono, há semanas passava as noites em vigília. Meus olhos estavam pesados e pareciam que a qualquer instante saltariam das órbitas. Minha barriga mexia como se o feto tivesse vinte semanas. Nunca tinha presenciado uma coisa daquelas. Via mulher grávida desde criança, mas suas barrigas começavam a mexer lá pelo quinto mês. Todos os cheiros me reviravam, nem foder eu conseguia mais. Vomitava todas as manhãs, não parava nada no meu estômago, era um enjoado, era isso que ele era. Aquela mulher era minha única forma de eu me livrar daquela coisa. O corredor era escuro, sujo e cheirava carniça, nem me importei, fiquei horas esperando a minha vez, parece que ninguém naquele povoado gostava da maternidade. Olhava para a cara das outras que esperavam sentadas no banco, eram barrigas de todos os tamanhos. É a primeira vez que vem aqui¿ Sim, é a primeira vez. A mulher barriguda soltou uma risada maldosa e sua barriga saltava e ria junto com ela. Estás com medo¿ Não tenho medo de nada. Não tem medo de não voltar da sala de cirurgia¿ Não tenho medo de nada, já disse. Pensei que esses dois olhos esbugalhados fosse medo. Não, não é medo, eu tive uma doença nos olhos e fiquei assim, não tem cura, chamam de olhos saltados. Eu poderia jurar de pés juntos que era pavor. Não seja tonta, mulher! Você nem sequer me conhece! Não¿ Claro que conheço, quem nunca ouvi falar da Puta nesse povoado¿ Aquela barriguda desgraçada estava conseguindo me irritar. É mesmo, seu homem já se deitou comigo¿ Claro que não se deitou, ele tem bom gosto! Dessa vez fui eu quem não segurou a gargalhada: Bom gosto¿ Não foi o que me pareceu. Como posso chamar você, Puta mesmo¿ Eu não sabia que putas podiam engravidar, ela falou sorrindo e torcendo a cara. Me levantei e fui sentar na outra ponta do banco, a pessoa do meu lado cochilava com a boca aberta, mas ao menos estava calada. Estava ansiosa, aquele lugar me deixava nervosa, todas aquelas mulheres, todas aquelas barrigas, todos aqueles seres prestes a serem aniquilados... Vi uma mulher franzina sair da sala de operação, ela trazia um bebê grande e rosado nos braços. Me lembrei que as mulheres não vinham até ali só para fazer o aborto, elas iam até ali para terem seus filhos. Comecei a entender porque a barriguda estava irritada, ela não se conformava com o meu descuido, escutei ela me chamando de assassina quando me levantei. A parteira saiu da sala logo depois da mulher franzina, estava com o avental todo sujo de sangue, era a primeira vez que a via, a sua aparência me assustou e pensei que deveria ser ruim nascer e dar de cara com aquilo. Era baixa e corpulenta e de certa forma, depois que olhei melhor, percebi que sua feiura era mais engraçada do que assustadora. Ela tinha a cara enfezada como a de um minúsculo Deus que não vingou. A verdade é que ela era igualzinha um feto velho. Fez um sinal com as pequenas mãos, indicando que era a minha vez. Como demorei a me levantar ela soltou um grito. Caminhei sem muita convicção, não sabia se era pra mim mesmo que ela apontava, já que tinha mulheres que chegaram muito antes. Nem me olhes assim, pode vim, vem até aqui. É você mesmo, muchacha, as outras ainda estão encruadas, eu vejo pelo tamanho do pé. Estas com medo, muchacha¿ Não se preocupe, nenhuma mulher saiu daqui morta, a não ser as que tinham a morte nos olhos, ela disse e gargalhou feito uma gazela louca. Então percebi que tinha gengivas grandes e dentes miúdos o que lhe dava um aspecto cômico. Parei de encará-la, aquela estranheza toda estava me fazendo sentir mais náuseas ainda. Cheguei mais perto dela e pedi que acabasse logo com aquilo, já tinha esperado demais, estava cansada e quanto mais o tempo passa mais aquele bicho se embrenhava nas minhas carnes. Ela me olhou longamente, tentei adivinhar o que se passava naquele cérebro de rato, não vi nada além de uma neblina densa. Não conseguia entender se ela estava me repreendendo pela minha atitude ou se achava graça da minha pressa. Por um minuto pensei em explicar o que estava acontecendo, a insistência daquele ser minúsculo, no entanto, tive uma preguiça tremenda e acabei tendo vontade de sair correndo dali, mas eu não tinha escolha, já tinha tentado de tudo, ela era minha última esperança, ainda que parecesse ter saído de um sanatório. Não me conformava de colocar minha vida nas mãos de uma mulherzinha daquela. E ela parecia perceber que eu não confiava nem um pouco nela. Relaxa, muchacha, ela disse gargalhando e dando um tapa forte na minha coxa, depois voltou a mão e apalpou com força minhas pernas: a mu-

106 A PUTA

chacha tem as pernas fortes, hein¿ Se quisesse poderia parir de cócoras, ela gargalhou novamente mostrando os dentes miúdos. Fiquei calada, com o corpo paralisado, senti nojo daquelas mãos lambendo minhas pernas, não sei se fez de propósito, mas ela chegou a roçar meu clitóris. Ela não desistia, continuou me observando, me perscrutou, tinha olhos matreiros, não sabia, mas procurava objeto em caixa vazia. Ela podia olhar o tempo que quisesse, não ia encontrar nada, nada mesmo. Lá fora as mulheres tinham medo, diziam que ela podia ver o futuro e o passado. O seu faro não funcionaria comigo, ela não encontraria nada de podre no meu corpo e minha alma não existia fazia tempo. Ela cheirava folha de arruda e coentro. Até que tinha um cheiro bom, um cheiro de hortaliça colhida na hora. Sentir aquele cheiro me trouxe certo alívio e pensei que talvez ela não fosse tão louca assim. Ou ao menos era uma louca cheirando folhas verdes. Fiquei um pouco intrigada porque naquela região a única pessoa que eu conhecia que conseguia plantar hortaliças era minha mãe. Mas que importância tinha isso, afinal¿ O importante é que ela tirasse logo aquela criança do meu bucho, o enjoo estava voltando e eu não queria passar por tudo aquilo de novo. Se ela não parasse de falar eu seria capaz de vomitar em cima dela. Soltei um grito, ela tentou me acalmar: não se preocupe, muchacha, em dois minutos você estará livre, não vai demorar dois dias e você já vai poder sentar num pau, ela terminou a fala e de novo a gargalhada. Passou a mão pequena no meu rosto. Que é isso, muchacha¿ Tem uma bolsinha d'água aí nesse rosto, é melhor tomar cuidado, dizem que a varíola voltou a atacar do lado de lá do povoado. Não se brinca com essa doença não! Não seja tonta, é só uma berruga mal curada, dá pra senhora parar de falar e tirar logo isso do meu bucho! Calma menina, já te livro disso! Que seja isso então, muchacha, se a muchacha diz que é uma berruga, eu acredito, riu e voltou a enfiar as mãos na minha perna, roçando meus pequenos lábios. Quis gritar e xingar, mas uma cócega boa atravessou minha espinha. Tirou a mão sem cerimônia, não sei se percebia o que estava fazendo, será que era tão zonza assim¿ Andei um pouco mais rápido, para ficar numa distância segura. Não demorou muito e ela me alcançou, disse que eu não deveria correr tanto, era falta de educação deixar uma senhora com as mãos abanando, gargalhou novamente e deu um beliscão no meu mamilo. Aquele beliscão me deu vontade de foder, apesar do enjoo. Um mosquito passeava em volta de seu olho. Ela não se importava, fingia ou estava corrompida pelo hábito. Aquele inseto começou a me incomodar, mesmo não rodeando minha cara. Segui o mosquito com o rabo do olho, não demorou muito e o mesmo mosquito tentou fuçar minha vista, bati a mão com força, ele não tentou me seguir, desistiu logo, minha órbita estava livre novamente. Olhei atrás da sua orelha, esperava encontrar uma explicação, não encontrei nada além de um ponto vago e uma espinha grande e infeccionada. Senti um pouco de nojo, imaginei que a espinha estouraria a qualquer minuto. Não conseguia tirar da cabeça aquela imagem, tive vontade de fazer uma punção ali mesmo e me livrar daquele líquido purulento. Uma cera alaranjada a ensurdecia. Ela não parecia se importar, ela parecia não se importar com nada! Nada afetava a paz daquele ser amputado. Não entendo como algumas pessoas podem viver tão alheias a tudo, tenho raiva de pessoas assim. Apesar de ser uma mulher pequena, ela tinha seios fartos, eles não eram nem duros demais nem moles demais, tinham a consistência quase perfeita, eu poderia enfiar minhas mãos ali no meio e adormecer. Vi um pacote de cigarros enfiado entre seus peitos. As mulheres gostam de guardar segredos perto dos mamilos. Não sei por que me deu uma vontade incontrolável de pegar um cigarro no meio daqueles peitos. Não conseguia mesmo entender, mas é como se aquela parte da sua anatomia me hipnotizasse. Não conseguia parar de pensar em sugar um cigarro daquela safra, no entanto, não me manifestei. Eu já tinha fumado outras vezes, mas sempre foi tudo muito casual, fumava para enganar a fome, fumava para agradar clientes, fumava depois do sexo porque alguns homens gostavam de fumar depois que gozavam e eu os acompanhava, nunca fumei por vontade. Mesmo antes da guerra, nunca comprei um maço de cigarros, confesso que já ganhei muitos maços e acabei tragando porque odeio desperdício, mas não gastava dinheiro com isso. No entanto, pela primeira vez senti uma urgência de um trago, não um trago qualquer, não um maço qualquer, um cigarro qualquer, tinha que ser aquele e mais do que isso, tinha que ser aquele molhado de suor no meio dos seus peitos, por um instante me imaginei procurando o cigarro no meio dos seus seios, roçando minha língua nos seus mamilos, de repente, minha boca se encheu de água imaginando seus mamilos duros. Acordei, que pensamento tenebroso, eu devia estar enlouquecendo por causa daquele bicho na barriga. A fissura não passava, de novo imaginei minha língua salivando nos seus mamilos e alcançando o cigarro. Eu imaginava que em algum momento ela me ofereceria um trago e eu para me fazer de rogada recusaria. Eu diria, não obrigada, eu não fumo, ela insistiria, eu recusaria novamente, só aceitaria na terceira tentativa, então, eu enfiaria minha boca no meio dos seus peitos e pegaria o cigarro com os dentes, depois deslizaria minha língua em toda extensão do peito, alternaria entre o esquerdo e o direito e depois de uns cinco minutos salivando ela iria implorar para que eu roçasse e mordesse seus mamilos, eu não morderia só para pirraçá-la, ficaria mais cinco minutos passando a língua nos seus mamilos e só então eu os morderia até vê-los sangrar. Ei, muchacha, acorda, acorda, muchacha, ela gargalhou, já estamos chegando na sala de operação, espero que esteja preparada, ela disse e beliscou minha bunda sem nenhuma vergonha. Pensei em xingar, mas a minha voz não saiu e por algum motivo minha buceta estava um pouco molhada, poderia me tocar ali mesmo e gozaria rapidamente. No fundo do cômodo, um porco estava amarrado e pendurado pelas pernas, a barriga estava aberta e o sangue corria em direção a uma bacia. Um sangue obscuro como a noite. Achei que aquele bicho era um mau presságio, algo ruim estava acontecendo, a boca apodrecendo por trás dos beijos. Um atordoamento quase me fez cair, mas Flamenca me segurou a tempo. Tou vendo que a muchacha andou comendo pouco, assim não aguenta o tranco. Ela parecia um pernilongo zunindo no meu ouvido, não me preocupei em pedir que calasse a boca, era inútil, ela não obedeceria e soltaria outra gargalhada deixando a gengiva grande à mostra. De novo veio um vomito e um ranço até a borda da minha boca. Me controlei, engoli em seco, tentei não respirar para não sentir aquele cheiro enjoativo de sangue. Cada vez confiava menos naquela mulher. Ela trazia um riso sarcástico no rosto, como se estivesse gostando do meu sofrimento. Tive a impressão que ela poderia já ter feito todo o procedimento, porém ela seguia um ritual, no qual a espera era a parte principal. Poderia estar livre, caminhando, poderia estar longe dali, daquela presença incômoda. Meus olhos mesmo sem minha permissão se voltavam para o bicho pendurado, ele gritava, estava vivo apesar do corte. Ela não estava mentindo, aquele animal realmente vivia. Fiquei impressionada com a força daquele bicho, tive vergonha da minha fraqueza. Não me diga que está com medo, muchacha¿ Não se assuste não minha pequeña muchacha, não vou fazer nada com esse bicho, depois que abri essa porca descobri que está prenha, vou tirar só um pouco de sangue pro chouriço e depois faço uma sutura na bichinha, vai ficar nova em folha, você vai ver. Não gosto de ver a bichinha sofrer, ia matar logo, mas achei que era mais lucro aproveitar a ninhada que vem poraí. E tava com uma vontade danada de comer um chouriço, o que podia fazer¿ Já tinha feito o corte mesmo, um pouquinho de sangue não há de matar um animal tão corpulento. Tinha um sotaque estranho, espanhol ou algum dialeto desconhecido. Ela já tinha falado tanto na minha orelha que eu começava a compreender sua língua estrangeira. Continuou falando por mais uns quinze minutos, explicando sobre os bichos, sobre a forma correta de matá-los, de pendurá-los pelos pés, como cortá-los e blá blá blá. Não entendi uma palavra, estava absorvida no meu problema, além disso, o seu sotaque me irritava. Eu via ela mexendo os lábios e balançando as mãos como se entendesse do que estava falando, mas achei melhor não dar importância para ninharias. Depois continuou se gabando, afirmando que uma boa cozinheira sabia melhor que um médico sobre ossos e articulações. Não refutei, o que me importavam os médicos e os açougueiros¿ Só tinha sobrado um médico no povoado e o coitado era uma jamanta. O que eu queria mesmo é que ela parasse de tagarelice e desse um jeito nesse corpo estranho que me invadia, me tomava espaço. Em duas semanas a minha cintura tinha alargado uns trinta centímetros, eu estava prenha de um monstro na certa, se eu não tomasse cuidado era capaz de ele me engolir antes de eu conseguir tirá-lo da minha barriga. Após uma demora interminável, ela parece ter resolvido fazer seu serviço. Tira a calcinha, isso mesmo, quando mais rápido começamos mais rápido terminamos e gargalhou. Ela se esqueceu que eu estava esperando fazia horas. Agora ergue esses saias pequeña, se preferir pode arrancar a roupa toda, ela disse e beliscou de novo meu mamilo. Deita aí nessa mesa, isso, agora relaxa, se você não relaxar não consigo fazer meu trabalho, fique tranquila, a muchacha vai gostar do que vou fazer. Antes de eu deitar ela tirou um pedaço de placenta, provavelmente esquecido do aborto anterior. Vamos muchacha, abra bem essas pernas. Assi no, abre mas, escancara, imagina lo cacete mucho grosso. Eu sei que já está acostumada rapariga, vejo nos seus ojos, ela dizia gargalhando e passando as mãos no meu seio. Pensei em tirar aquelas mãos sujas de cima de mim, mas ao invés disso trouxe ela pra mais perto, enfiei meus dedos por dentro da calcinha dela e mandei que ela me chupasse até eu gozar. Moveu a língua encharcada rápido e habilmente sobre meus bicos. Ela continuou gargalhando enquanto me lambuzava. Soltei um gemido de satisfação. Ela limpou a baba que escorria do queixo com o dorso da mão e gargalhou. Ia me irritar, mas meu corpo estava mole de prazer. Depois começou seu trabalho. Pegou uma espécie de cano, disse de novo para que eu me tranquilizasse, aquele era um procedimento comum, era preciso cutucar o bichinho, senão ele não saía. Afastou meus pequenos lábios, senti umas cócegas, eles ainda estavam sensíveis. Primeiro colocou dois dedos para afrouxar minha buceta, fiquei com vontade de gozar novamente, depois com bastante calma ela introduziu o cano na minha vagina. Era um cano longo e grosso, de um material semelhante ao plástico. Ela não percebeu que meus gritos não eram de dor. Logo aquilo começou a sugar meu ventre com uma força incrível. Comecei a ficar mais confiante, logo tudo estaria resolvido, toda a aflição passaria. Olhei pra ela, estava com uma cara apreensiva, as rugas do seu rosto se multiplicavam. Não estava entendendo porque ela estava apavorada, não estava sentindo nada de diferente, para falar a verdade estava sentindo um grande alívio por me livrar daquela barriga horrenda. Muchacha, não quero te assustar, mas tenho que falar. Fale logo mulher, o que houve, não vejo nada de anormal. Muchacha, não fale besteiras, não fale o que não sabe, algo de estranho acontece aqui. Você já pariu antes¿ Claro que não! Minha pequeña já tirou outros muchachos. Claro que sim! E tudo deu certo, muchacha¿ Sim, sim, tudo correu bem. A muchacha sabe de quem é esse filho¿ Por que eu saberia¿ Por acaso você acha que puta tem tempo para se apaixonar¿ Não quis falar isso, muchacha, se acalme, vamos ver o que podemos fazer, talvez haja algum jeito. O que está acontecendo, porque toda essa falação dos diabos, onde você enfiou o feto, já conseguiu tirar ele¿ Muchacha, o problema está aí, o menino não sai, resistiu à sucção, não sei como proceder, nunca vi isso antes. Muito estranho muchacha! Nunca fiquei sabendo de relato parecido. É costume eles saírem logo na primeira sucção. Posso ver por esse buraco que seu filho que nem filho ainda é está todo encolhido aí dentro. Parece um gato encurralado. Ele se recusa a sair. Muchacha, vou tentar jogar um pouco de água quente, vai doer um pouco, mas talvez ele se assuste e resolva sair. Soltei gritos de terror, meu útero queimava por dentro e nada, a peste não saía. Ela continuou a sucção por horas e horas. Fiquei uma semana com aquele cano no meio das pernas e nada. Minhas coxas estavam roxas e minha vagina criou um muco escuro e fedido. Nunca vi nada igual. Agora ele se agarrou nas trompas uterinas, está atrás das suas falsas costelas. Você está se sentindo bem, Muchacha¿ Que pergunta idiota! É claro que não estou me sentindo bem, tenho um cano no meio das pernas e feridas pelo corpo, como estaria bem¿ Calma, Muchacha, esse pequeño não está de rosca, uma hora vai ter que sair, não é possível! Enquanto ele continua aí, tome esse cigarro cubano, vai te fazer bem. E o cigarro ajudará, fará essa coisa teimosa expelir??? Não. Mas quando não há mais nada a fazer o melhor é fumar um cigarro cubano. Foi assim que acabei me tornando viciada em cigarros cubanos, eram maços e maços virando fumaça. Já tentei de tudo para largar, até a simpatia de ferver bitucas e tomar em jejum. Vomitei por três semanas seguidas e voltei a tragar assim que o enjoo passou. O nojentinho queria ficar ali dentro mesmo, não teve jeito. Após sete meses chamei Flamenca pra fazer o parto. Nem precisou, o menino saiu feito quiabo, estava tão habituado ao mundo que nem sequer chorou, nem um miado, ao contrário, deu um sorriso bonito e banguela. Tinha uma linda gengiva. Implorei para que Flamenca se mudasse lá pra casa, eu não sabia o que fazer com um ser tão pequeno e feio. Ele era mole, gelatinoso e ruminava o dia todo. Se eu fosse obrigada a ficar trancada com aquela criatura estranha era bem capaz de um dos dois sair morto. Flamenca enumerou pelo menos vinte motivos para não ficar, disse que tudo em sua vida era planejado e aquilo não estava nos seus planos, não seria feliz vivendo sobre o teto e as ordens de outra pessoa, falou ainda que embora adorasse a ideia de foder comigo de novo não podia aceitar minha proposta, ela chegava a ser indecente. Gostava de mim, mas dormir na mesma cama ela não aceitava, não, não, de jeito nenhum, ninguém a faria mudar de ideia. Então, expliquei que não se tratava de amor ou sexo, eu não me importava se ela queria ou não dormir comigo de novo, e foder não era o problema, o que não me faltava era gente pra me comer o rabo, o problema era aquele ser estranho, eu precisava de ajuda e ela era a única pessoa que eu conhecia por ali, eu não seria sua dona, e depois a casa seria dela também, não ligava pra nada, podia fazer as mudanças que quisesse, eu não me importava desde que ficasse e estendesse os peitos para o garoto, caso contrário, ele morreria de fome, ele não comia nada e eu não deixaria aquela coisa estranha sugar meu peito. Flamenca me observou com os olhos matreiros, uma hora me lançava o olhar, outra hora lançava o olhar para o garoto, e disse: não fico não, não tem acordo, tá achando que sou trouxa⸮ Ela começou a falar como uma matraca, contou diversas tragédias que tinha evitado, tudo porque sabia a hora certa de dizer não e falou tanto e tanto que eu já não a escutava, o seu sotaque ia se enrolando pelos meus ouvidos e suas mãos teciam lugares que eu nunca tinha visitado. Então é isso, Muchacha, isso mesmo que escutou, não vou deixar de ser a parteira para me enfiar nesse buraco, está decidido. Aquelas mulheres que viu no corredor precisam de mim, o que você tá achando⸮ Que sou uma inútil, uma desprezada⸮ Pois fique sabendo, Muchacha, que muitas e muitas mesmo me fizeram propostas melhores. Tire você mesmo esses peitos e alimente essa criança, ele vai gostar, me lembro que o gosto dele é muito bom, Muchacha, ela disse, gargalhou e beliscou minha bunda. Não achei graça naquilo, não estava com cabeça para palhaçadas, se não queria ficar, nada de ficar esfregando aquelas mãos imundas no meu rabo. Minha paciência estava por um fio, pensei em xingá-la, escorraçá-la, arrastá-la pelo chão até ela dizer sim. Não foi preciso, me distraía e a perdi de vista, quando olhei para trás, lá estava Flamenca gargalhando, sentada com os peitos balangando na boca do garoto. Dei um sorriso maroto e disse: e então, resolveu ficar¿ Não, não, Muchacha, nada disso, só estou satisfazendo um pouco da vontade do moleque, ele olhou tão safado para os meus peitos que tive dó de negar uma mamada para o coitado. Ele é feio, mas é gente, ela gargalhou mostrando as gengivas grandes e rosadas. Flamenca muito fez para não ficar, colocou mil empecilhos, exigiu mil regras, me fez prometer centenas de coisas, mas por fim, percebi que ela ficou mesmo porque se afeiçoou à dependência cega daquela criança pelos seus mamilos. Disse que logo iria embora, que não era para eu me acostumar, gostava de muchachas, por isso iria ajudar, mas que logo ia avisando, só dormiria depois que eu a chupasse. Achei aquele pedido descabido e nem sei o porquê aceitei, sei menos ainda porque eu ia toda madrugada chupar sua buceta. Flamenca ficou, se acostumou rápido à sua nova vida, às suas novas tarefas. Por muito tempo nem se lembrou que era uma parteira, tinha se apartado estranhamente de todo o seu passado. Só voltou a sua velha casa para pegar a ninhada de porcos. Como disse muchacha, não gosto de desperdício, ainda mais nesses tempos de miséria, não existe pecado maior que jogar comida fora. Depois de um dia ela voltou rodeada de porcos brancos e peludos. Mudar de casa fez muito bem a ela, trouxe uma força repentina. Nem parecia que era a mesma mulher franzina de antes, seu corpo tinha ganhado certo vigor e seu rosto um vermelhão diferente. Vivia de cima pra baixo conversando sozinha em um dialeto incompreensível, algumas vezes tentava entendê-la, mas logo eu desistia. Ela nem se importava, o que ela queria mesmo era tagarelar, mesmo que ninguém a escutasse. Às vezes, eu desconfiava que ela até preferia que ninguém a entendesse, assim podia falar as baboseiras que desse em sua telha. Os dias se passavam e eu adivinhava que nunca mais eu seria a mesma. Ela acordava muito cedo e assim que o menino chorava dava-lhe os peitos, ele enfiava as mãos com vontade, sugava feito um pervertido. Ficava olhando aquela cena, eu jamais entenderia a amamentação como um gesto de amor, me parecia mais um ato de desespero, de solidão. Quem sai aos seus não degenera. Quase não tinha contato com meu filho, ele vivia enrabichado com a Flamenca. Seus seios agora estavam firmes e grandes como dois mamões. O menino já era um rapagão e não saia dos peitos. Flamenca gargalhava e dizia deixa o menino ele sabe o que é bom. Não me preocupava com os dois, eles pareciam se entender

muito bem. Brincavam de esconde-esconde e pega-
-pega o dia todo. Devo confessar que a presença de
Flamenca e daquela criatura pequena acabou me mu-
dando, eu era firme como rocha, agora estava mais
para um magma quente. Acabei me acostumando
com aquela vida pacata, acordar e ter outro par de
olhos te olhando. Por muito tempo fiquei pensando
se aquilo era bom ou ruim. Não consegui chegar a
nenhuma conclusão, só sei que gostava de acordar e
sentir o cheiro de água de batata que vinha da cozi-
nha e o estalo do milho na brasa. Também me acostumei a sentir o cheiro das hortaliças por trás da orelha de Flamenca. E o choro do garoto com o passar
dos anos era cada vez mais magro. Acordei um dia
um pouco mais tarde e percebi que ele tinha envelhecido, já era um homem feito. A barba se estendia de
um lado ao outro da sua cara, uma cortina disfarçan-
do suas intenções, sua orelha, antes lisa e de carne
macia, agora trazia pelos pretos e enrolados. O nariz
criou um relevo no dorso e sua testa franziu como a
testa dos homens idosos. Sua língua engrossava o
som de suas palavras e agora suas palavras eram es-
cassas-escarradas. Embora ainda jovem, ele era a visão da decrepitude e a decrepitude me enojava. Eu
continuava quase a mesma, ainda que por dentro tivesse me transformado em uma massa mais mole,
modelável. O garoto quase não dirigia a palavra a
mim e quando queria me pedir algo cochichava bai-
xinho na orelha de Flamenca e esta passava o recado.

Não me chamava de mãe e as poucas vezes que teve coragem de falar diretamente comigo me chamou de senhora. Eu, a puta, agora era uma respeitável senhora aos olhos daquele moleque estranho. Ele tinha um olho menor que o outro e o seu olho esquerdo tremia o tempo todo, como o de um náufrago. Aquele mundo não era para ele, percebi depressa que ele não ficaria por muitos anos, logo faria uma trouxa e seguiria seu caminho, correria atrás de uma terra menos granulada. No entanto, sua partida se deu em circunstâncias que nunca imaginei. O garoto mal completara quinze anos e anunciou que se casaria. Fiquei assustada com tamanha ânsia pelo casamento, pois ele nunca vira ninguém naquele país fazer alusão a tal instituição. O casamento tinha morrido com a guerra. Eu não falaria de algo tão tenebroso, eu poderia não amá-lo com a força que as mães normalmente amam seus filhos, mas eu não o queria mal, eu não pregaria maravilhas sobre a vida conjugal, eu não seria capaz de jogá-lo em buraco tão profundo. Meu filho, que ideia mais estapafúrdia! Como você pode saber o que é um casamento¿ Quem te ensinou tamanho absurdo¿ Eu nunca abri minha boca para falar de tal infâmia! Você já sentiu a ferroada de um escorpião¿ Então, é melhor se calar! Andou falando com algum forasteiro¿ Alguém novo apareceu por aqui¿ Não vi ninguém diferente no povoado! Da onde tirou essas caraminholas¿ E a noiva? Você por acaso tem alguma ideia do que seja uma noiva¿ Véu, grinalda e a porra toda¿ Você nem sequer conhece o corpo de uma mulher, meu filho! Já enfiou a mão em uma buceta¿ Já chupou os seios de uma mulher¿ Esqueça isso, essa loucura não te levará a nada, só ao desgosto! Os homens são facilmente asfixiados pela falsa doçura da mulher. Mas, mãe, eu quero! Mãe, eu nunca te dirigi a palavra, há um labirinto entre minha boca e teus ouvidos, mas hoje o desejo contorna o labirinto e eu suplico que escute. Nunca te pedi nada e nem estou pedindo agora, só queria que soubesse, não queria sair sem fazer ruído, sem bater a porta dos fundos. Eu gosto do cheiro dessa casa, das frestas, das fendas, dos buracos no chão, das lagartixas que povoam as paredes, conheço cada minúcia dessa ruína, dessa desgraça e ainda assim tenho vontade de ficar, de estender minhas pernas ao longo daquele caixote. Tenho vontade de me agachar e estalar todos os dedos do pé, um a um. E até a senhora, embora nunca tenha me demonstrado afeto, até pela senhora eu tenho certa ternura. Até pelos cães que eu devoro. Entretanto, mãe, eu cresci, não pode mais me esmagar ou me retirar à força de dentro do seu útero. Agora seu útero fede e eu não dependo mais da sua placenta para me alimentar. O ovo supõe a tortura do pássaro, a agonia do voo. A senhora sabia que esse dia chegaria mais cedo ou mais tarde. Você fingiu porque se acostumou com a companhia, ninguém até hoje conseguiu ser feliz só, por isso até Deus criou o Diabo a partir do seu escarro. Não se faça de besta, menino! Você está falando feito gente velha! Não, mãe, estou falando como quem conhece o amor. O amor estende a matéria do corpo, me sinto obeso. Além disso, eu não sou mais um menino, olhe para a minha cara, olhe para o volume das minhas calças, as coisas mudaram por aqui, a senhora andou muito ocupada, pulando de cama em cama... Me respeite, moleque! Nunca te dei essa ousadia! Se você está aqui hoje é graças a mim, é graças ao meu ventre largo, ao cordão amarrado no meu umbigo. Desculpe minha mãe, se estou aqui é graças a Flamenca e não a senhora, foi ela que me estendeu os peitos ao longo da vida, se fosse pela senhora, eu teria morrido às mínguas. Se fosse por você mãe aquele cano teria me sugado até eu desaparecer. Eu estaria enterrado no cemitério dos não-nascidos. Acho engraçado chamar essa mixaria que tem de vida e larga de ser dramático, moleque, se fui eu mesmo que chamei a Flamenca para morar aqui. E Flamenca, onde está¿ Está por perto, vou chamá-la, ela também faz parte dessa conversa, talvez ainda mais do que possa supor. Você é ignorante em relação às mulheres. Você já foi picado por uma cobra¿ Claro que não, mãe! Então não conhece a fúria de um corpo feminino. Para se casar é necessário que tenha dormido com uma noiva. Os homens se casam quando têm uma noiva, onde está sua noiva? Eu tenho uma noiva, minha mãe. Você tem uma noiva? Essa é boa! Não estava preparada para ouvir tanta besteira da sua boca, menino ingrato! E cadê, posso saber? Nunca vi sombra de saia por aqui. Você deve estar confundindo macho com fêmea. Meu filho, você não sabe o que te espera lá fora! Não queira sair por aí com a ideia tola de encontrar uma noiva, todos que saíram desse povoado nunca voltaram, ou existe algo muito bom do outro lado e ninguém se deu ao trabalho de avisar ou não existe nada. E eu suspeito que não exista nada, só um rio branco, muito branco. Não queira perambular atrás do nada, é triste sair com as mãos abanando e com a corcunda suada de solidão. Mas eu já tenho uma noiva mãe, não vou procurar uma noiva, ela já está comigo! Como assim, menino¿ Será que a louca sou eu¿ Não existe mulher nenhuma por aqui ou será que estou cega¿ Você pode me mostrar a sua noiva. O menino então estendeu as mãos por cima dos ombros de Flamenca, depois deslizou sobre suas vértebras, quando chegou à altura da cintura, parou. Eu não podia acreditar no que estava vendo, devia haver algum engano ali, ele queria dizer alguma outra coisa e acostumado ao silêncio se atrapalhava com as palavras. Olhei firmemente para Flamenca, esperando uma explicação ou qualquer coisa que o valha. Flamenca é minha noiva. Viu, minha mãe, como não estou louco¿ Bem se vê que não sabe nada sobre casamentos, não é louco, é um ingênuo! E os ingênuos são ainda mais perigosos do que os loucos! Flamenca é mais sua mãe que sua noiva. Até esses dias você mamava em seus peitos feito um bezerro desmamado, sugava um e apalpava o outro. Viviam pra cima e pra baixo brincando de pega-pega, esconde-esconde, mãe da rua, amarelinha e a puta que pariu toda. Não me importa o que a senhora pensa, nós sairemos daqui e ficaremos juntos. Nós seremos um só corpo, uma só carne. E depois, multiplicaremos. Não quero morrer antes de ver meus frutos despencaram sobre a terra. Meus testículos estão inchados, é a urgência, é o instinto de vida pulsando dentro de mim. Enquanto falava ele espremia as bolas com os dedos e me olhava com uma petulância insuportável. Nunca suportei a pretensão dos jovens. Flamenca, diga que isso é loucura, coisa de menino desajuizado, menino que só tem titica de galinha na cabeça. Por favor, tire esse peso das minhas costas, me ajude como sempre fez. Mas estamos apaixonados. Apaixonados? Apaixonados¿ Minha cabeça parecia uma panela de pressão, eu não acreditava nas insanidades que estava sendo obrigada a escutar, as pedradas vinham de todos os lados. Flamenca, não me diga que você também está acreditando nessa mentira¿ Você não é uma menina ingênua para compartilhar disso! Há um mês você ainda entrava no meu quarto às escondidas, sussurrava bobagens no meu ouvido, lambia meu corpo, oferecia seus peitos, enfiava os dedos no meio das minhas pernas e agora quer se casar¿ Da onde você tirou essa ideia, por acaso você enlouqueceu¿ O que quer, afinal¿ Não foi você que sempre disse que queria tratar bem esse moleque e agora vem com essa história pra boi dormir¿ Não me desaponte, Flamenca! Você está fingindo, é impossível que esteja apaixonada, me recuso a acreditar nisso! Ainda sinto um resto da sua saliva despencando do meu clitóris. Você esqueceu a sua origem, esqueceu do lugar de onde veio¿ Esqueceu suas preferências¿ Esqueceu do que gosta, você não está acostumada a lamber caralhos! Jamais permitirei uma coisa dessas, você não pode estar falando sério! O seu corpo não conhece o corpo de um homem, não conhece as exigências de um macho, você não sabe o que fazer com um macho, não sabe sentar num pau, seu corpo foi feito para lambuzar as fêmeas. Esqueça essa bobagem, eu te imploro! A sua buceta é gasta demais pra fazer curva, ela só traz ranhuras, cistos, vincos estreitos e escuros. Não leve esse menino para esse labirinto. Você gastou tempo demais fuçando o próprio corpo, não queira oferecer a ele um fruto envenenado. Você sabe que isso é uma bobagem, uma hora ele encontrará com outras mulheres, mulheres de verdade, não essa cópia fajuta, e perceberá o quanto te odeia, o quanto você o enganou, olhará no seu rosto e verá despencar essas cataratas, quando ele ver uma mulher formosa, ele te culpará por sua velhice. Você é uma velha, acredite! Você envelheceu, eu vi, eu presenciei a decadência rápida do seu corpo. Flamenca, raciocine, a paixão é coisa de jovens, você não tem mais direito a ela. A nossa cota terminou há muito tempo, se conforme e venha se deitar comigo, primeiro eu percorrerei minha língua no seu corpo, depois oferecerei o meu, venha, me chupe como antigamente, sinto a falta da sua língua, esqueça isso de uma vez, só de pensar estou molhada. Não seja tonta, Anúncia, não tente me enganar com esse seu corpo peneirado, cheio de furos e quedas, agora eu quero conhecer as picas, eu sei que não me interessava antes, mas agora eu quero. Não faça com que eu sinta pena de você! Decidi que não posso morrer sem conhecer o amor e diferente do que você disse, o amor é próprio da velhice, das almas acomodadas, as estrias ajudam a firmar os pés jovens no terreno lodoso, já a paixão cabe bem em qualquer idade e eu afirmo que os velhos são ainda mais propensos à paixão, sinos enferrujados badalam tão bem quanto sinos novos. Os simulacros são eternamente jovens, apesar das loucuras do tempo. Deixa eu viver, Anúncia, você não pode impedir, também não pode convencer seu filho, ele já foi fisgado. Você sabe muito bem, Flamenca, que ele não passa de um tonto, só ele não enxerga que não há isca nesse anzol enferrujado. Vi que meu discurso era em vão, tão insignificante quanto todos os discursos familiares vindos antes do meu. Todos, todos os homens tentaram dar uma importância sem medida às palavras, fazê-las mais potentes do que a ação, a verdade é que o instinto e o desejo superam as palavras. Nessas horas, as palavras não passam de grunhidos inaudíveis. Eu era uma puta decadente, oferecer meu corpo não adiantaria, quem poderia querer uma flor corrompida¿ Quem além da minha cria poderia cair em um truque tão sujo¿ Eu não tinha mais nada a oferecer, tinha uma canseira tremenda me corroendo os ossos, eu estava velha. Eu tinha mesmo envelhecido, quem diria! Eu que pensei que as putas fossem imunes ao tempo. Uma nostalgia dominou minha língua, ela adormecia dentro da boca, e por algum motivo lembrei-me das carcaças de peixes à margem do rio. Lembrei de quando o filósofo se deitava ao meu lado e brincava com meus mamilos enquanto tentava formular seus conceitos. Um filósofo que não cria conceitos não é um filósofo, é um cínico. E para que serviram tantos conceitos¿ Com certeza ele também era um velho, ele que passou a vida tentando explicar a origem do conhecimento, procurando pureza onde só havia lodo. Olhei para meu filho novamente e percebi o quanto ele parecia com o pai, apesar de sua brutalidade. Balancei a cabeça e percebi que eles ainda estavam paralisados na minha frente. Por um instante senti medo que eles tivessem escutado meu pensamento, mas não, não ouviram nada, eles não se preocupavam comigo. Não pronunciei mais nenhuma palavra, estendi minhas mãos e esperei eles estenderem as deles. Quis dizer boa sorte, mas o som não saiu, se perdeu no meio do caminho. Eles demoraram para perceber meu gesto e quando eles estenderam os braços, já tinha abaixado o meu. Olhei para os olhos de Flamenca, uma mosca varejeira estava pousada na sua pálpebra. Balancei a mão e ela não se moveu. E eu que até então não sabia que ela possuía uma pele móvel em cima dos olhos! Fiquei abismada! Eu que sempre pensei que ela fosse uma mulher sem pálpebras, uma mulher atenta como os peixes. Estava enganada! Tentei alertá-la, foi inútil, nenhum dos dois conseguiam ver o inseto. Abanei a mão para assustá-lo. Nada. Voltei a encontrá-los três anos depois, a mosca agora já estava morta, seus olhos fediam como bosta de cavalo, bosta de cavalo fresca. Fiz menção para que entrassem. Apontei em direção à porta, mesmo sabendo que eles conheciam o caminho. Suspirei e disse que a figueira branca milagrosamente tinha dado frutos. Não sabia muito o que dizer, não sabia o que eles queriam ouvir. Eles me olharam e suas expressões continuaram intactas, como se não tivesse saído nenhuma vírgula de minha boca. Respirei fundo e tentei de novo, perguntei se eles tinham encontrado algo do outro lado, pedi que me contassem. Eles se olharam, não sei se cúmplices, mas continuaram calados. Caminhei à frente deles e abri a porta, era um convite claro, era quase uma súplica. Eles recusaram, pediram apenas um pouco de água e pão seco, continuariam a viagem, era preciso caminhar muito até chegar à terra prometida. Perguntei para que lugar eles iriam, perguntei sobre filhos e eles emudeceram, baixaram os olhos, como se confessassem um crime ainda não cometido. Também fiquei muda, percebi que eles não eram mais os mesmos, nossos laços tinham sido desfeitos, quase não acreditei que aquele homem tinha saído de mim, quase não acreditei que aquela mulher já tinha lambido meu corpo. Ela abriu a boca como se submetesse a um grande sacrifício. Somos um povo nômade, porque haveríamos de saber para que lugar iríamos. Pensei que estivesse acostumada ao abandono. Não sei, algo me aborrecia, passava a mão pelo corpo e encontrava ranhuras. Tinha saudade do sotaque de Flamenca fazendo eco pela casa, saudade da sua risada idiotizada. Eles voltavam de tempos em tempos e pediam água, seus olhos cada dia fediam mais, cada dia mais fundos. Que espécie de doença era aquela¿ Os cílios, antes fartos, não existiam mais, ela tinha na cara dois olhos pelados. A boca se retorcia, a língua grossa trazia uma crosta esbranquiçada. Embora ela não fumasse mais, eu podia ver a fumaça saindo entre seus dedos esquálidos. Andavam em movimentos circulares. Seus pés racharam e em seguida criaram cascos, seus passos agora eram ruminantes. Um dia eles trouxeram um cão preso a uma coleira. Não dava pra saber se eles levavam o cão ou era o cão que os guiava. Na outra visita eles traziam na coleira um boi preto e magro, talvez eles esperassem a engorda para levá-lo ao abate. De longe pude ver Flamenca se abaixando, arrancando umas ervas daninhas e levando à boca do bicho. No olho são de Flamenca crescia um azul pálido. Eu sabia, eles sempre voltariam mais cedo ou mais tarde. O cordão umbilical ainda estava enterrado no quintal. As coisas nascem, morrem e renascem a qualquer momento. Nunca fiz questão dessas coisas, no entanto, Flamenca insistiu, disse que se o cordão fosse jogado no lixo, o moleque se perderia pelo mundo. Ela tinha visto muitos casos assim, de crianças que viraram homens sem paradeiro, tudo isso só porque os pais recusaram enterrar o cordão. Se vira aí, Flamenca, com suas superstições bobas, bem se vê que tem um sangue confuso-grosso-coagulado nas ventas. Não pense que tou ligando para o destino desse garoto, ele nasceu foi de teimoso, não pedi nada, abri as pernas e ele caiu, como se derrama uma pera, uma manga. Conheci muitas mulheres que deram suas vidas pelos seus filhos e foram secando pouco a pouco. É feio secar assim, de mansinho, feito fruto podre esquecido no pé. Os filhos primeiro venderam as cortinas, os móveis, hipotecaram a casa e por último venderam as mães por míseras moedas. A ingratidão, um fungo, uma trombose que decepa pernas. A maioria das coisas não foi escolha, foi destino forçado. Agora o que posso, escolho. Até hoje fiquei longe das coisas que pudessem me amputar, não me darei esse luxo agora. Se quiser faça, se não quiser, enrole essa coisa numa sacola plástica que o lixeiro deve passar um dia desses. Disse isso convicta, embora o lixo estivesse há anos acumulado na porta, nenhum homem recolhia restos naquele lugar, cada um que se virasse com sua própria merda. A minha era descomunal. Um esgoto a cada cagada. Não diga isso, senhora, você não entende das coisas,

A PUTA **131**

antes de endurecer, o concreto pode ser moldado. Não cuspa pra cima. Olhe pra mim, veja como mudei nesses anos todos. Flamenca, você envelheceu, só está mais burra que antes. Deixo claro que não sou uma mulher de afetos, sou uma sobrevivente. O instinto me ensinou a viver só e só assim sei viver. Cozinho numa panela pra um. Vocês dois apareceram e estragaram tudo. Agora escuto zum zum zum o dia todo. Vira e mexe corda batendo no quintal. Vá, Flamenca, não me amole mais. Senhora, lá fora, depois daquelas roseiras secas, tem uma figueira branca. Eu irei amanhã cedo até lá e enterrarei o cordão do niño. A terra gosta de ser cavoucada. Quem não cria raiz, tem a vida frouxa, qualquer bala arranca a alma da carcaça. Se você não quer zelar pelo seu bem não me interessa, eu cuido dele. Fiz muita besteira nesse mundo, perto de mim passarinho nunca teve pouso. Torci pescoço de galinha por puro prazer e depois chupei seu sangue fresquinho. Tudo por pura maldade. Já matei muito menino e isso não importa agora, penso eu. Os atos deixam estrias fundas, como um ânus aflorado pra fora, corrompido pelos anos. Não me arrependo, eu fiz o que ordenaram que eu fizesse. Pena, dó é coisa que desconheço. Minhas mortes foram de outro gênero. Uma mistura de muitas mãos e pouca fé. A guerra também deixou seus números. É isso, meus mortos não podiam ser computados, ainda não tinham nascidos. Me perdoo por ter desfeito muitos fetos. Puxado com ternura um fio e ver todo o tórax se desmanchado nos meus dedos. Esse muchacho é diferente, suportou semanas e semanas de sucção. Se não for santo, é o próprio Diabo. E em ambos os casos, estou do seu lado. Faça o que quiser, só não me atormente, preciso de uma noite de descanso. Essa criança esgoela a noite toda. Ou muito me engano ou seu leite é uma grande porcaria. Se eu tivesse paciência eu mesma dava os peitos pra essa criança faminta. Não reclame tanto, senhora, seus olhos ainda estão se acostumando com esse escuro. Já vi muitos homens se acostumarem depois dos setenta. Não há de ser o seu caso. Ele saiu de uma realidade líquida e agora precisa aprender a lidar com o concreto das coisas. Você está mudada, Flamenca, está começando a me assustar com essa lenga-lenga toda, o que está acontecendo¿ Virou maternal de repente¿ Você anda me irritando, nem para uma amante anda servindo mais, vive enrabichada com esse menino, logo ele vai crescer e você vai ver só, vai ficar sozinha e eu não te darei arrego. Ela ficou calada, quando não queria me responder fingia que não me ouvia ou que precisava olhar as panelas ou evitar algum acidente com o menino. A Flamenca me cansava com suas histórias de um povoado distante. Uma mulher má que encasquetou que tem a missão de cuidar do meu filho. Quero ver aonde isso vai dar. Por fim, eu estava errada, meu filho não a deixou, ambos deixaram a mim, eu pari os dois e me tornei diáspora. Flamenca jamais teria conhecido um pau, eu a fiz nascer. Quando a conheci era só um embrião enrugado e desajeitado, só conhecia a vagina <o negativo>, só sabia dar prazer às mulheres, clonando seus dedos e os transformando em um pau ereto e articulado. O que ganhei com isso¿ Nada, agora que nasceu do meu regaço, come o próprio irmão, o irmão que se escondeu atrás de minhas costelas para não ser banido. De mãe e filho passaram a amantes. Não pude alertar meu filho dos perigos que uma mulher carrega. Na terceira vez que apareceu ele tinha um corte nas costas, na altura da última vértebra. Não perguntei o que aconteceu. Eu sabia, ele estava virando um homem, um grande homem. Também não tive oportunidade de alertar Flamenca sobre os homens. Antes dele, ela só tinha amado mulheres. Só conhecia os segredos e os truques das fêmeas. Não conhecia a maldade do macho, sua vontade de atravessar nossas vísceras com o pau. O seu olho diminuía à medida que a mosca morta se decompunha. Cavalos trotavam nas vértebras dele e cagavam na face dela. Quis chorar, porém não era uma mulher de afetos. Não posso dizer que a partida tenha me afetado, pouco sabia da vida deles antes da despedida. A ausência é uma barata branca. Ficavam meses sem aparecer. Uma noite olhei pela fresta, não que eu os esperasse, mas estava quente e eu não conseguia respirar direito. Vi um vulto atrás do pequeno arbusto, mas não consegui identificar o que era, imaginei logo que fosse Flamenca, mas não tive certeza. Resolvi ir até a outra fresta, que era maior, chegando lá vi um pacote pardo no quintal. Não sabia se continuava ajoelhada no chão ou me levantava para ver o que o embrulho escondia. A curiosidade é um dos maiores males da humanidade, tirei minha rótula da poeira, bati com as mãos para espantar o mau olhado. Me arrastei até a porta, abri o ferrolho e fui até lá. Devia ser algo tolo, talvez um olho de boi ou um dente de cavalo. Flamenca dizia que dentes de cavalo espantavam os maus espíritos, talvez ela quisesse me fazer um agrado. Abri o pequeno embrulho, um sangue atravessou o papel e manchou minha mão. Tentei limpar na coxa, mas a nódoa se estendeu e não saiu. Era um feto. Flamenca estava por perto. Eu senti o cheiro podre das suas órbitas, eu escutei o ruído das suas vértebras se batendo. Vi o corrimento amarelando seu clitóris. Levei o embrulho pra casa, peguei um pote de conserva e enfiei o feto lá dentro. Coloquei em cima do caixote. O caixote balançou por um minuto e depois voltou ao silêncio costumeiro. O escuro crescia dentro do cativeiro. As plantas cresciam e morriam num intervalo incontável. Ou nunca existiram de fato plantas. Eu me interrogava se ainda estava viva. Os alucinóginos me confundiam. Não sei dizer o que era pior, a realidade ou as alucinações. Num dos sonhos engoli um tubarão e passei a respirar debaixo da água. Os ruídos dos ratos e dos pombos no forro me faziam ter consciência de que a vida não tinha cessado. Eles imaginam que meu cérebro já está gangrenado. Foram anos de tortura. As mutilações não compraram meu silêncio. Meu clitóris ainda geme. Todos os dias me masturbo para lembrar que ainda estou viva. Ainda posso procriar. Feito bicho. De cócoras vejo o mundo se quebrando. Um imenso amontoado de merda. O feto embora aparentemente morto parecia estar animado dentro do vidro, não dava ainda para enxergar a feição do seu rosto, se é que existia um rosto ali, mas seus olhos eram vivos como os olhos das bonecas de plástico e de um azul extremo e confuso. Não eram meus aqueles olhos, nem eram de Flamenca, talvez fossem cegos, era difícil saber, vez ou outra via uma borbulha no líquido e um cordão flutuando quase na borda do pote. Como era feio aquele animal franzino, de pele enrugada, ele era aterrorizante! E suas unhas cresciam tão rapidamente, grandes como garras... Comecei a temer aquele bicho estranho confinado comigo, aquele inseto tão semelhante ao homem, seria ele filho de algum símio¿ Por que Flamenca faria isso comigo¿ Logo ela que sabia a repugnância que tinha dos macacos, não acho que ela pode ser tão perversa comigo depois de tudo que passamos juntos, vivemos praticamente como marido e mulher, até que tudo aconteceu... Bem, não podia imaginar que ela treparia com o meu filho, com o filho que ela ajudou a parir e criar, que amamentou nos seus seios. Não, ela não seria capaz de fazer isso, ela sabia como odiava os macacos. Não sei o motivo, mas nunca gostei de primatas, eles parecem rir da condição absurda dos homens ao mesmo tempo em que a inveja. Não confio nem um pouco nos macacos, eles são traiçoeiros como os homens de pau pequeno. Fico pensando se isso não é uma espécie de castigo, se morri e isso aqui é a varanda do inferno. Daqui consigo ver o fêmur ensanguentando. Cada dia que passa ele se aproxima mais da fresta. Essas visões me perseguem há anos. Quando criança gostava de observar os talhos das xilogravuras. Com o tempo fui apalpando mulheres e homens e notei que suas carnes também traziam um pouco desse finco. Minha tara era passar as pontas dos dedos e fingir que estava lendo um livro em braille. Imaginava que apenas os cegos eram felizes. Não foi a primeira vez, era comum ver pedaços espelhados de corpos. Eu costumava colocar um espelho pequeno, daqueles de banheiro na parede do fundo, cor de laranja, em frente da fresta. Assim não precisava ficar o tempo todo de joelhos observando aflita. Caminhava pelo buraco, fazendo o que tinha de ser feito. Há muitas coisas para serem feitas. Você sabe melhor do que eu. Todos sabem, mesmo os suicidas. Quando não aguentava, tirava o espelho do prego e colocava um pouco de pó e aspirava. A cocaína me proporcionava uma agilidade e uma força mental que poucos possuíam. Em seguida rodava por horas, gritava e respondia meu próprio eco. Depois colocava o espelho entre as coxas e minha mão entre as coxas e o espelho. Costumava brincar de multidão. Todos os fantasmas aparecem quando a solidão assola embaixo das nossas unhas. As micoses desaparecem. Sempre fui afeita aos diálogos. Rasgaram minha língua, é verdade. Conheço pouca gente que utiliza a língua nas conversas. Os cílios são menos dissimulados e nos poupam discursos vagos. Hiatos traços silêncios. Conversas com línguas são infinitos entre parênteses. Chatos e cansativos. Durante esse exílio aprendi a ser sucinta. Passei a compreender melhor as coisas caladas. O leite coalhado na vasilha. A berne silenciosa ruindo a carne por trás da pele. A erva daninha crescendo e se misturando à hera. Uma inscrição antiga na parede. Uma tinta por baixo de outra tinta. O tutano não, talvez ele estivesse ainda escondido, lá por dentro, nas vísceras do osso. Eu piscava pausadamente e ele continuava ali. Não, não era uma miragem. Era real, às vezes, topamos com a realidade. Uma lasca, uma pedra, um punhal. Obsceno, quase um pau em ereção. Em alguns minutos, os ossos me trouxeram reminiscências sobre as tragédias gregas. Nunca me interessei por teatro, no entanto eu via um certo sentido nas catarses. Viver era imitar os desastres dos nossos antepassados. Essa era filosofia da minha vó, espera e você fará o mesmo que a vadia da sua mãe e talvez cobre mais barato por isso. Era só o que eu enxergava do buraco onde vivia. Um imenso fêmur ensanguentado. O abismo me fascinou desde miúda. Eu era muda, não conversava, não comia sozinha. Arrancava as roupas que teimavam em me colocar. Agredia quem chegasse perto. Com cinco anos me colocaram na coleira, como se eu fosse uma cadela. Jogavam uma vasilha com restos de comida na minha frente e saíam. Não queriam ser acusados de maus tratos. Vizinhos chegavam e olhavam indignados, homens de povoados próximos olhavam e ficavam indignados, estrangeiros atravessavam mares para conhecer a menina loba e ficavam indignados. Ela só é uma retardada, não precisa de uma coleira nem ser tratada como bicho. O presidente também olhou e ficou indignado. Deu sua sentença. Não se coloca o focinho na refeição alheia. Cada um sabe o que faz com seus males. Todos se entreolharam menos indignados e voltaram pra suas vidas. Não escutaram mais falar da menina que se alimentava da angústia humana. Agora vivia num cubículo, por algum motivo desconhecido isso não me entristecia. Não sobrou nada do seu exibicionismo. Tirava a camisa e mostrava como os músculos o tornavam menos animal, mais humano. Passava a mão pelo peito e exibia o tórax sem pelos. Não gostava de nada que insinuasse irracionalidade. Fazia sexo contido, gritava obscenidades em francês para mostrar sua civilidade. Não gostava que fizesse perguntas sobre seu passado. Um homem de verdade é um homem sem sombras. Tudo que traz sombras leva consigo o inferno de outros. Não trago na carne a marca fedorenta dos meus ancestrais. Fui só isso que vê agora. Pra que mais? Não te contentas com o que vês? Terra batida é tristeza. Um cemitério não é lugar de vivos. Os autorretratos são mudos. Esqueletos não contam histórias, se calam porque soberanos. Medíocres é que contam feitos estrangeiros. Eu sou tempo presente. Corpos muitas vezes se explodem depois de mortos. E sabe como é o estrondo¿ É assim, um estalar vulgar de dedos. Gostava de se expor, feito uma carcaça de açougue. Não sei se foi antes ou depois. Antes de conhecê-lo costumava observar as pessoas e desenhá-las. Os desenhos foram ficando cada vez mais abstratos, foram se estilizando. Depois tive uma ideia fenomenal, ao invés de desenhar as pessoas, eu tentava adivinhar como eram suas genitálias. Era incrível como eu era boa nisso. Uma clarividência que não prestava para nada além de me divertir. De todas as vezes que tive a oportunidade de conferir eu vi o quanto era boa. Mas depois dele as coisas mudaram, parece que perdi o jeito, ele me enfeitiçou, não consegui mais ver com clareza o tamanho das coisas, os objetos se tornaram vagos e as genitálias... Bem, não fui mais capaz de desenhá-las com eficiência, os detalhes me escapavam, as pintas, a cor, a rugosidade, a envergadura, a quantidade exata de pelos. O meu nariz era torto, talvez tenha ficado assim depois das pancadas que levei. Eu não respirava direito, sufocava durante a noite. Perdia o sono. Ficava horas olhando para cima e reparando no trajeto das estrelas. Não entendia nada, mas algumas vezes a insônia desaparecia e eu adormecia. O fato é que minha cabeça doía há mais de uma semana. Não havia remédios ou chás para aliviar minha dor e de certa forma eu considerava a dor física uma comunhão com o sagrado. Com certeza essa não é uma boa defesa para um crime. Não quero justificar nada, não é essa minha intenção. Relatar, com a objetividade de um louco ou de um ficcionista, esse é meu desejo. Podia escutar os sinos badalando próximos, próximos dentro de mim. Duas vacas passeavam na minha testa. Ruminavam, cortavam meu pensamento ao meio. Flamenca e meu filho aumentavam cada vez mais o intervalo de uma visita a outra. Estava quase me acostumando a viver novamente só, nunca deveria ter sido diferente. Olhamos uma galinha e esquecemos que ela rompeu o ovo, no entanto, ela jamais se esquece, vasculha o terreno inteiro, quebrando-arrombando todos os dias a mesma casca. Depois que meu filho e Flamenca se foram, começou a aparecer no povoado muita gente, homens, mulheres, velhos, crianças. Eram uma espécie estranha de homens, não falavam, não sorriam, não gritavam, viviam todos juntos no mais absoluto silêncio. No entanto, eu sabia que algo não estava bem. Eu vi em seus rostos uma marca avermelhada, tive medo, me recordei das grandes pestes da história, as doenças incuráveis que antecederam a última guerra. Me afastei, mas em pouco tempo, aqueles homens silenciosos procuraram minha cama. E eu não consegui repeli-los. Os membros de todos eles eram iguais, o tamanho, a cor, a curvatura, a rigidez. Era impossível esquecer aqueles paus todos iguais e, tenho que confessar, nunca gozei tão forte. Um dia eles chegaram todos juntos e eu me abri para recebê-los. Uma tarde escutei ruídos no quintal e imaginei que eles me procuravam novamente. Eu estava de cócoras, era um dia nublado, eu mexia nas raízes, tentava acordá-las, porém, estava equivocada, era o Poeta que tinha retornado. Eu não esperava seu retorno, mas confesso que gostei de me sentir novamente distante de mim, nessa espécie de multiplicidade e horror que é o outro. Ele soltou um grunhido e eu pude reconhecê-lo. Estava mudado, sua roupa estava em farrapos e seu cheiro se estendia por quilômetros. Quis abrir a boca e pronunciar algo, mas ele não permitiu, abaixou para igualar-se ao meu tamanho, colocou as mãos na minha bunda, tocou meu cu, depois enfiou os dedos na minha buceta, disse que trazia a fome dos homens que voltam da guerra. Tentei afastá-lo, seu cheiro estava muito forte, era quase impossível suportar, mas tranquei as narinas e suportei, ele tinha as mãos decididas e eu era uma puta solitária, uma puta que apreciava um bom pau, me coloquei de quatro ali mesmo e esperei ele terminar o serviço que tinha começado, rebolei, rebolei até jorrar quente e denso. Você piorou muito desde a última vez que nos vimos. Sim, é verdade, minha querida, a vida fez horrores comigo, não posso nem lembrar. Não é fácil ter a retina de um poeta e o corpo feio e cascudo como o de um bode. Você já dormiu roçando o pau de um bode¿ Se não, deveria dormir, dizem que eles fodem melhor do que qualquer homem ou mulher que já pisaram sobre essa terra. Sabe, muita coisa aconteceu desde a última vez que nos vimos, arranjei uma mulher, um filho, essas coisas bizarras que as pessoas costumam chamar de família, no entanto, um artista não se contenta em aparar as gramas do jardim. Cansei, fugi, fiquei meses mendigando por aí, até que lembrei de você. Você é mesmo um homem engraçado, quem se lembraria de uma puta¿ Pois eu digo, minha querida, puta e mãe ninguém esquece. E o que você quer de mim¿ De você¿ Não se preocupe minha flor, não quero nada, há algum tempo eu tomei uma decisão. E qual é a sua decisão, Poeta¿ Vou escrever um livro. Você só pode estar brincando, ninguém liga para livros, você se esqueceu que não existe mais sentido nisso¿ E quando existiu¿ Ninguém escreve livros porque procura um sentido, a gente simplesmente escreve, como o animal que come e caga, como a mulher que fode, como o cão que come bosta. Sendo assim... cada um sabe de si. Eu já decidi, não terei nem lugar nem família, a rua será meu paradeiro, escreverei o melhor livro de todos os tempos. Eu queria contar para alguém, só isso, por isso te procurei, queria que alguém soubesse. Está bem, agora já sei, você pretende ficar essa noite¿ Não, eu não posso ficar, a proposta é tentadora, adoro te comer, mas a minha jornada já começou, estarei pelas redondezas, te procuro quando precisar de arrego, se algo der errado, estarei caçando a palavra, aquela palavra essencial que sempre nos escapa e que é a parte mais sincera de todo discurso. Eu me despeço aqui, só retorno com o livro feito, isso é uma promessa. Não esperei ele voltar, conheço pouca gente capaz de cumprir promessas. Ele estava louco, não o desanimei, deixei ele pensar que existe algo a ser dito, o máximo que ele conseguirá será um vômito narrativo. Há muito tempo não precisamos mais do que grunhidos, aliás, nunca necessitamos das palavras, todo discurso é uma afronta ao instinto. O homem domou o grunhido apenas por uma necessidade tola, por crer que dessa forma não se rasteja em quatro patas curtas feito os répteis. Me abaixei e lambi minhas coxas, limpei com a saliva minha vulva que ainda trazia uma gosma do gozo. Escutei uivos, rezas e estrondos vindos do outro lado. Me levantei e forcei a vista, não enxerguei nada, uma poeira densa cobria o céu, o céu estava lamacento. Comecei a achar que eu era responsável por todos aqueles estrondos, por todas aquelas rezas infinitas, pelos anjos de barros, pelos santos ocos projetando verdades que ninguém seguiria. Mentirosos, todos uns grandes mentirosos. Colocavam suas melhores roupas, desfilavam na frente de Deus e depois cagavam na sarjeta. Grandíssimos hipócritas e eu perdida, profana, sem cânticos pra me salvar. A saliva de Deus corrói minha cara e a única coisa que sei fazer é me lamentar, lamentar pelos homens que degolei depois de me masturbarem, depois de lamberem meu clitóris. Jogada num trinco entre o céu e o asfalto quente. Uma puta. Putas não fazem milagres. Apenas engolem baba e porra. Lambem os dentes com medo que eles procriem. Sozinha na lama resolvo remexer no mangue, escolher o caranguejo mais gordo, encarcerá-lo, vê-lo impotente se debatendo na finitude da lata, ele percebe que não é eterno. Sua vidinha era tão ordinária e barata quanto a minha. Eu também costumava andar para trás. Cinco reais e não sobra nada, nem mesmo a casca indigesta. Um espelho estranho de mim mesmo. O pó branco se dispersa. Uma catedral de obscenidades. Encaixo minhas mãos nos seus dedos, o amor é singular, me vejo apaixonada, loucamente apaixonada por esse bicho. Cactos nascem – esterco no mangue. E eu me vejo outra. Quase um simulacro de mim mesma. Placebo. Quero desamarrar meus dedos e outra vez ser livre. Outra vez conseguir enxergar a repugnância que um artrópode causa. Não posso. Coloco os dedos na garganta e o enjoo não vem. Sou uma puta desgraçada e liberdade foi só um nome de praça pública. Retiro os bagos do boi, jogo um pouco de sal e engulo. Me sinto melhor agora. O sol não está mais a pino e as nuvens começam a encharcar. Houve um velório antes da grande chuva. Era ele, embora ele fosse ruim feito o diabo, eu sabia que um dia ele morreria. Assim como sabia que, apesar do meu desafeto eu verteria água, faria um escândalo calado, passaria noites e noites em vigília procurando escaravelhos para protegê-lo na sua passagem. Numa manhã sem sol, com os olhos inchados de tanto chorar, vi um escaravelho preparando uma pequena bola de excremento, tive vontade de vomitar, mas não comia há semanas, de modo que não havia o que ser expelido, ele colocou o que parecia um ovo, empurrou por um certo tempo e depois começou a enterrar. Antes do bicho perceber minha presença, pincei com o polegar e o indicador sua carapaça colorida. Limpei o resto do excremento de suas patas e o enfiei dentro da boca do morto, o qual não esboçou resistência. Olhei pela janela, ou melhor, pelo buraco que se alarga entre um tijolo e outro. Não tem mais nada lá fora. Vejo os pássaros cavoucando a terra e roubando nossas últimas sementes. A pulsão de vida empurra para o recomeço. Flamenca não vem pra esses lados há algum tempo. Gostaria de ver de novo os seus olhos, a ciranda das ilusões girando no seu estômago aberto. Ela tem uma ferida de guerra que jamais se cicatrizou, é possível enxergar todo o seu sistema digestivo trabalhando. O médico vive insistindo para eu prender Flamenca em casa, assim ele poderá entender melhor o funcionamento do seu corpo. Não posso. Flamenca bipartida é como eu, é fenda embrionária. Não tem começo nem fim, se multiplica de repente, embora como um animal leproso deixe pelo caminho algumas partes fibrosas. O pote está cada vez maior. Vejo cada membro daquele ser crescendo e se diferenciando, não consigo ainda enxergar seu sexo, não dá pra ver se o que ali cresce é uma vagina ou um pênis. Não, não é só o que está dentro dele que cresce e se anima. Ele cresce junto, como se fosse um ser também de carne e osso, um pequeno deus de vidro. Meus seios estão grandes e pesados como dois melões maduros e vertem um leite escuro e amargo. Não consigo entender direito o que está acontecendo, mas gosto de contemplar o pote, é como o nascimento do poente, avesso à ruína. E parece que meus olhos animam ainda mais o seu conteúdo e o que o recobre. O pote é uma espécie artificial de placenta, gelatinosa e transparente. Os nascimentos jamais me comoveram, a morte, algumas vezes, me assustou, porque o corpo desprovido de alma se assemelha a uma boneca de borracha, a uma caixa vazia que não ressoa – o berço de um menino sem fôlego – todas as rugas se suavizam e uma vida inteira de sofrimentos se torna uivo. Já o surgimento do homem o iguala aos animais, aos quadrúpedes, aos artrópodes. Entretanto, olhando através do vidro, cada dia vendo nascer ou se aperfeiçoar um órgão tenho a impressão que somos seres maravilhosos e singulares e que nossos embriões não são tão similares aos dos cães tísicos. Olhei para o caixote, o feto se mexia vagarosamente. Não me recordo se o meu filho movia daquela forma dentro da minha barriga. Percebi que o seu olho ficava muito tempo aberto. Passei as mãos pelo pote, deslizei da tampa até o fundo e ele parecia responder aos meus estímulos. Quem pariu esse ser capaz de sobreviver dentro de um pote de conserva¿ Não resisti ao impulso, enfiei o dedo indicador dentro do pote, eu queria ver o que acontecia. No começo não aconteceu nada, senti apenas a placenta envolvendo minha pele, mas depois de alguns minutos, o feto se mexeu, roçou a cabeça pelada no meu dedo, depois levantou o pescoço, até o meu dedo alcançar sua boca, abriu aquele orifício pequeno e mal acabado e se pôs a chupar o meu dedo, de uma forma tão natural, como se ele fosse uma parte do seu próprio corpo. Tive uma sensação estranha, uma espécie de afeto que nunca conheci, parecido com os afetos que temos pelos bichos de estimação. Tirei rápido meu dedo, todo afeto era doloroso, o orifício continuou reproduzindo uma sucção, o fantasma do meu dedo ainda estava em sua boca. E, embora pareça incrível, o fantasma daquele orifício sugador ainda pressionava meu dedo. Nesse instante percebi que novamente eu não estaria só e isso me deixou apavorada. De repente a imagem da minha vó se fixou na minha cabeça. Com certeza foi ela quem me ensinou sobre as coisas do amor e também sobre as coisas ruins que o amor traz. Ela não saía de perto daquela panela. Dia e noite ela mexia aquela gosma, depois aquilo ia grudando no fundo. Ela me encarava com aquelas olheiras cinzentas e grunhia, não se assuste não menina, isso é gordura de animal morto, eu mesmo matei porque não suporto ver bicho agonizando. E você deveria aprender a fazer o mesmo, não ache que são mais piedosos os que apenas assistem a matança fingindo pena. Muitas vezes a mão que dá a paulada é mais misericordiosa. Vem cá, dá uma mexida pra você ver, o sebo não é tão pesado assim, e depois dá um belo de um sabão. Eu me encostava à panela e sentia aquela gordura fétida e borbulhante e ficava imaginando como daquela sujeira toda poderia surgir uma espuma branca. Nessas horas eu sabia que eu não era feita de uma matéria tão diversa daquela. Eu também fedia, eu também me desfazia em um suor quente e pegajoso. Eu também era um bicho agonizante, no entanto, nunca houve uma mão misericordiosa que desse a paulada. Eu era uma sutura infeccionada na cara de Deus. E, no entanto, eu nunca pude contemplar a face de Deus, porque minhas raízes eram profundas e eu não emergi, vivi entre o esgoto e o lençol freático, a minha cova foi aberta no instante em que nasci. Meus ossos pesam mais do que minha consciência e matar, pra mim, sempre foi mais fácil que morrer. *Há um louco demente branco símio dormindo entre tuas vértebras.* O ódio poderia vingar, mas minhas vértebras são pó – osteoartrose dorsal – as cartilagens se desgastaram e não sustentam o peso da tortura. Minha cabeça voltou ao presente, olhei em cima do caixote e o feto ainda estava lá se contorcendo no vidro, o caixote balançou e o pote pendeu para o lado esquerdo. Estendi as mãos e levei-o de novo ao centro. Tudo voltava ao lugar costumeiro, o bicho se agarrava nas margens do vidro e grunhia feito um porco. Fiquei me perguntando por que quando abaixei e abri aquele embrulho eu não o joguei para os cães. Por que dei oportunidade desse ser abominável viver¿ Eu não sabia responder. Apesar dessas elucubrações, respirei aliviada, estava de novo no meu quarto, as coisas continuavam me olhando convulsivas, os fantasmas estavam mortos, pelo menos por enquanto. Parei de observar aquele bicho órfão, abri a porta e fui para o jardim, embaixo da figueira branca, elas estavam floridas pela primeira vez, pensei que começaria meu descanso, minha cabeça doía e meu corpo não tinha o frescor de antes, tudo me exigia um esforço além do normal. No entanto, não demorou muito e logo chegou um daqueles homenzinhos estranhos dizendo que o Poeta estava morto. Era incrível como ele conseguia dar as piores notícias sem franzir o meio da testa, sem chorar e sem simular um choro. Olhei bem nos seus olhos pretos e miúdos, por um instante imaginei que ele poderia ter se enganado. Era melhor que ele estivesse enganado. O Poeta era um dos poucos homens que ainda conseguia tirar água da minha buceta. Senti a língua do Poeta fazendo círculos em meus mamilos, dando pequenas mordiscadas com seus dentes pequenos, depois com toda minha força afastei seus dedos da minha calcinha, mas deixei que no lugar dos dedos, enfiasse o pau. O homenzinho continuava paralisado a minha frente, pousei os olhos na direção de sua pélvis e percebi que seu pau estava ereto, era como se ele estivesse lendo minha mente. Perguntei o que tinha acontecido, quem o tinha matado, ele não respondeu nada, eles ainda não tinham perdido o hábito do silêncio, embora agora já conseguissem falar o nosso dialeto. Uma vespa rondou meu umbigo, foi a primeira vez que percebi que tinha nascido com um umbigo, lembrei de novo do órfão do vidro e fiquei imaginando se ele possuía esse órgão, cheguei à conclusão que ele era desprovido desse orifício insignificante. Uma dor de estomago horrível me perturbava, era como se um buraco branco acabasse de se abrir no centro dele. Embora a notícia tivesse me abalado, não fiquei surpresa, eu sabia que ele acabaria assim. Não há muitas escolhas para um homem alucinado, eu o alertei, a escrita não passa de uma tentativa idiota de dar vida a marionetes, a criação não é capaz de suprimir a representação e a representação é uma banalização do real. Resolvi sair dali e ver com meus próprios olhos o defunto, eu sabia onde ele costumava ficar sentado para escrever. Demorei um pouco para me levantar, minhas pernas já não eram as mesmas, não aguentavam muita coisa, o corpo apodrece antes da alma. Com medo de não chegar a tempo para enterrá-lo, acabei levando aquele homenzinho estranho comigo, ele poderia me ajudar com o corpo, embora o Poeta há muito já estivesse só pele e osso. Chegando lá, pude ver seu corpo magro estendido ao lado do livro, não tinha nenhuma marca de fratura, nenhum tipo de hematoma ou sinal de violação e por incrível

A PUTA **151**

que pareça ele fedia mais em vida. Ele conseguiu o que tanto almejava, criar o primeiro livro de uma nova Era, lá estava, mais de mil páginas escritas, o livro tinha lhe custado a vida. Com certeza daria mais trabalho levar o livro do que o cadáver. Pelo tamanho eu podia adivinhar que ali estava escrita uma epopeia, todos os feitos incríveis do nosso vilarejo deviam estar descritos de forma minuciosa. Senti uma certa nostalgia ao ver aquele livro estendido ao lado do cadáver, os dois me pareciam mortos. Ele teve tanto cuidado! A capa era bonita, de couro, meus olhos estavam meio embaçados, mas firmando a vista vi o título, era OM. Não entendi ao que ele se referia, também não dei tanta importância, com certeza a obra deveria ser capaz de explicar seu nome. Me agachei ao lado daquele boneco de cera, tentei levantar o livro, não consegui, então pedi ajuda ao homenzinho estranho, ele não pronunciou uma palavra e sua expressão era imutável, apenas levantou o livro com imensa facilidade, como se ele pesasse apenas algumas gramas. Peguei o Poeta no colo, embora eu estivesse muito fraca não precisei fazer o mínimo esforço, ele não pesava mais do que uma caixa vazia. Não demoramos muito para atravessar a estrada e chegar novamente ao meu quintal. Coloquei o Poeta encostado na figueira branca, fiz um sinal com a cabeça para o homenzinho estranho e ele colocou o livro ao lado do cadáver. Depois o agradeci e disse que ele podia ir, estava tudo certo, se quisesse poderia chamar os seus iguais para o velório. Não sei o que me deu, achei que o Poeta poderia gostar de um culto ao seu corpo. Eu mesmo colheria as flores e o cobriria de flores. O homenzinho estranho consentiu com a cabeça. Ali, sozinha, achei que era o momento certo para ler o livro. Embora não veja graça nenhuma em escritos, fiquei curiosa, imaginei que de repente eu poderia estar ali, afinal, eu tinha sido alguém importante naquele povoado, eu tinha sido alguém importante para o Poeta. Comecei a folhear aquele calhamaço, o Poeta começou com uma epígrafe: "A palavra é um grunhido perante o silêncio de Deus". Continuei folheando aquelas mil e quinhentas páginas e eu não pude acreditar no que estava lendo, não era possível que aquilo fosse verdade! Depois de olhar da primeira a última página, resolvi inverter a ordem, comecei da última página até chegar ao índice. Havia algo errado ali com certeza. Comecei a duvidar da minha sanidade, depois desconfiei que os meus olhos já estavam muito gastos por causa dos anos. Entrei em casa, revirei todos os armários até encontrar um pote com um fundo grosso, peguei uma pedra e quebrei o pote, fiquei só com o fundo, assim ele serviria como uma espécie de lente de aumento. Voltei ao jardim e me agachei ao lado do livro. Olhei novamente, agora com a ajuda da lente, página por página, pacientemente. Eu enxergava perfeitamente e também não estava louca, em todas as páginas estava escrito com letras que se assemelhavam a garatujas:

A PUTA **153**

```
O M M M M M M M M M M M M M
M M M M M M M M M M M M M -
- O M M M M M M M M M M M M M -
- O M M M M M M M M M M M M -
- O M M M M M M M M M - O M M M M M -
- O M M M M M M M M M M M M M M -
- O M M M M M M M M M M M M M M -
- O M M M M M M M M M M M M M -
- O M M M M M M M M M M M M M M M M -
- O M M M M M M M M M -
- O M M M M M M M M M M -
- O M M M M M M M M M M M M M M M M -
- O M M M M M M M M M M M M M -
- O M M M M M M M M M M M M M M -
- O M M M M M M M M M M M M M M M -
- O M M M M M M M M M M -
O M M M M M M M M M M M M -
- O M M M M M M M M M M M M -
- O M M M M M M M M M M M M M M M -
- O M M M M M M M M M M M M M M M M -
- O M M M M M M M M M M -
- O M M M M M M M M M M M M M -
O M M M M M M M M M M M M M M -
M O M M M M M M M M M M M M M M -
- O M M M M M M M M M M M M M M -
- O M M M M M M M M M M M M -
- O M M M M M M M M M M M M M M M M M M M -
- O M M M M M M M M M M
```

154 A PUTA

O M M M M M M M M M M M M M M -
- O M M M M M M M M M M M M M M M M -
- O M M M M M M M M M M M M -
- O M M M M M M M M M M M M M M M M -
- O M M M M M M M M M M M M M -
- O M M M M M M M M M M M M M M M -
- O M M M M M M M M M M M M M M -
- O M M M M M M M M M M M - M M M M M M -
MOMMMMMMMMMMMM-OMMMMMMM
O M M M M M M M M M M M M M M M -
-MMMMMMMMMMOMMMMMMMMM-
- O M M M M M M M M M M M M M M -
- M M M M M M M M M M M M M M M M M M -
- O M M M M M M M M M M M M M M -
-OMMMMMMMMMMMMMMMMMMMM-
-OMMMMMMMMMM OMMMMMMM.
Uma sensação ruim roía a sola do meu pé, abri a por-
ta de casa, eu precisava de um pouco de água, mi-
nhas vistas estavam embranquecendo todo o jardim.
Fiquei ainda pior, pois ao entrar vi o filósofo de costas, parado em frente ao caixote, ele olhava fixamen-
te o feto, fazia menção de enviar o dedo dentro do
pote, mas quando percebeu minha presença retirou o
gesto e a sombra do seu braço se desfez no ar. O que
aconteceu¿ Está branca, parece que viu fantasma. O
que você está fazendo aqui. Pensei que estivesse em
outras terras. É, eu sei, eu não tive coragem de aparecer antes, me perdoe... O que quer de mim¿ Veio ver
com seus próprios olhos que envelheci, que não sou

mais a mesma de antes¿ Não, não minha querida, não sou tão cruel, não me entenda mal... Só queria lembrar dos velhos tempos... Não minta pra mim, você não está aqui pra isso, você não aguenta mais uma foda, também está velho. Diga o que realmente quer. Você tem razão, também sou velho e sim, é verdade, eu preciso de você. Não sei se você está a par das coisas que vêm acontecendo no vilarejo. Como não estaria¿ Uma puta sabe de tudo. Então, eu fui nomeado juiz. Você só pode estar brincando! Juiz, você¿ Um filósofo é uma péssima balança. Não diga isso, além disso, há muito não sou mais filósofo... Na verdade, acho que nunca fui. Como não e aqueles conceitos todos¿ Eu era só um jovem tolo. Você me assusta! Como alguém que falou tanto em transparência pode aceitar um cargo desses, você sabe muito bem que não existe juiz nessas terras, só existe o executor, você não será juiz, será o executor! Me desculpe, meu amor, eu não escolhi, eu fui nomeado, bem... eu era o único que podia cumprir essa função. Sim, e o que quer de mim¿ Pedir meu aval¿ Está dado, faça rolar quantas cabeças quiser, com certeza não há tantas cabeças no vilarejo. Não é isso, eu queria perguntar sobre seu filho. Você só pode estar de brincadeira filósofo de araque! O que você pode querer com meu filho¿ É cedo pra dizer, não posso esclarecer nada agora, queria que dissesse onde ele está. E se eu me recusar¿ O que fará¿ Me mandará para guilhotina¿ Não brinque assim, eu jamais faria isso, você sabe.

Não, eu não sei. Eu preciso apenas conversar com ele, recolher informações. Acho difícil conseguir palavras daquela boca, diferente de você, ele nunca foi muito dado a discursos. Eu posso tentar. Não adiantará. Minha querida, entenda, desde que esses homenzinhos estranhos vieram pra cá andam acontecendo crimes horríveis, não podemos deixar isso impune, se não fizermos nada tudo acabará como antes. Sinto muito, mas se fizermos, tudo também acabará como antes. Minha querida amiga, queria que as coisas fossem como antes, você me trata como um estranho. Me desculpe, eu não tenho nada contra esses homens estrangeiros e nem sabemos se foram eles os responsáveis. É o que tudo indica. Engraçado, quando você era filósofo costumava investigar as evidências. E é isso que estou fazendo. Falando em evidências, o que um pote com um feto está fazendo dentro da sua casa¿ Que bicho é aquele¿ Isso é uma longa história, qualquer hora te conto. Tudo bem eu já vou embora, quando vir seu filho diga que eu preciso falar com ele e com a Flamenca também. Você reparou algo de estranho neles, viu se tinham marcas vermelhas espalhadas pelo corpo¿ Eu não vi nada, eles passam por aqui raramente e nem me dão tempo de observá-los, acho que procura abelha em casa de marimbondo. E se me der licença eu agradeço, eu preciso enterrar meus mortos. Esqueça, minha querida, deixa eu te dar um beijo na testa. Ele pegou com as mãos trêmulas a minha cabeça e estendeu os lábios murchos so-

A PUTA **157**

bre minha testa larga. E eu pensei, não há elegância na velhice. Ele foi embora, um dos poucos homens que vi partir sem tocar minha vagina, sem enfiar as mãos para ter certeza que nenhum melado sairia dali. Eu lavei bem as mãos, eu precisava começar a preparar o defunto. A primeira coisa era arranjar uma urna, uma caixa de madeira, pensei em pegar a da sala, mas me lembrei que o feto ficava em cima do caixote e não achei apropriado tirar ele do seu lugar de costume. Resolvi ir até a casa dos homenzinhos. Assim que cheguei, eles abriram a porta mecanicamente, se colocaram um ao lado do outro e todos estavam com os paus eretos. Embora a idade me tivesse secado por dentro, aquela visão me fez encharcar de novo. Eles me viraram e um a um foram entrando e saindo rapidamente, até que um jato branco e simultâneo fecundou o chão. Me levantei e falei que estava atrás de um caixote para o Poeta. Imediatamente eles foram até o outro cômodo e trouxeram uma caixa grande e pesada. Como tive dificuldades para carregar, um deles se prontificou a levá-la até em casa. Havia uma multidão ao longe, todos os homens com quem dormi velavam o morto. Vi o terno branco do bicheiro, o membro grande e ereto do maquinista, vi os pés pequenos daqueles outros que dormi e não me lembro o nome, escutei o discurso metafísico do filósofo, senti o cheiro de arruda de Flamenca e recordei nosso primeiro gozo. De uma forma ou de outra todos estavam ali e o defunto parecia sorrir, ele que a vida inteira procurou a solidão dos buracos, finalmente a encontrara naquelas faces mudas e longínquas. Atravessei aquele monte de gente e continuei andando atrás do homenzinho, ele abriu a porta com os pés, perguntou com um movimento de cabeça em que lugar era para deixar, pedi que ele colocasse a caixa no centro da sala, de modo que o morto e o feto pudessem se olhar. Agradeci com a cabeça o homenzinho, disse que ele poderia ir, já estava tudo certo. Seria bom se você e os outros dos seus viessem ao velório, deixarei tudo pronto até o abrir da mandíbula da noite. Ele consentiu com a cabeça. Da porta fiquei observando ele pela estrada, vi quando atravessou aquele mundaréu de homens e desapareceu. Entrei e lavei novamente as mãos. Fui até a figueira e peguei o corpo do Poeta, agora parecia ainda mais leve que antes. Estendi ele na latrina e voltei ao jardim para pegar um punhado de arruda. Coloquei um pouco de água para ferver, enfiei os galhos e as folhas de arruda dentro. Um cheiro bom se espalhou pela casa e eu, de novo, senti a presença de Flamenca. Misturei um pouco de água fria em uma bacia e joguei aquela infusão dentro. Peguei um pedaço de trapo e comecei a banhar o defunto, achei curioso, o Poeta deixara de soltar aquelas escamas mal cheirosas depois de morto, estava com a pele lisa e uniforme como a de um bebê recém-nascido. Sua calça estava suja e rasgada, desabotoei e tirei, então percebi que seu pau continuava tão duro quanto antes, come-

A PUTA **159**

cei a limpá-lo com bastante cuidado, massageei um pouco, continuei passando o pano pelo seu peito e descendo até sua virilha, quando dei por mim eu já cavalgava em cima do defunto e só consegui sair depois de tocar meu clitóris e esperar o gozo chegar. Sai rápido de cima daquele corpo gelado e continuei a limpeza. Fui até o velho baú do meu filho e procurei uma roupa adequada ao Poeta, não havia muita coisa, de modo que não houve muita escolha. Voltei ao caixão e vesti o morto, depois caminhei pela estrada à procura de ramas e flores, não havia muitas, mas o suficiente para um velório decente. Estava quase tudo pronto, agora só faltava uma bebida para tomar o corpo do morto, me lembrei que Flamenca me trouxe em uma de suas visitas um pouco de cevada. Agora era só esperar anoitecer, peguei uma pedra e me sentei ao lado do Poeta, de frente para o feto, que pendia lentamente para a esquerda, olhei para suas mãos e elas abriam e fechavam, até que uma delas chegou até a boca e o bicho começou a sugá-la desesperadamente. Assim que as sombras começaram a se projetar no defunto os homenzinhos não tardaram a chegar, vieram todos, entraram em silêncio e se posicionaram em volta do caixão. Aos poucos os homens que velavam na estrada foram se aproximando, apenas o filósofo teve coragem de romper a porta e entrar. Meus pêsames e espero que quando eu me for também exista alguém para cuidar dos preparativos. Fiquei calada, apenas consenti com a cabeça. Ele sabia muito bem que o executor enterra, mas não pode ser enterrado. Ele se calou e voltou os olhos para o bicho dentro do pote, não o repreendi, no entanto, sabia que ele não estava ali por causa do morto, ele estava interessado naquela vida explodindo explicitamente. Novamente a porta rangeu, não era um homem que chegava, era um cão magro e sarnento, entrou e deitou embaixo do caixão. Fiz menção de tocá-lo com as mãos, acabei interrompendo o gesto no meio e deixei que ficasse. Servi a bebida e esperamos todos juntos amanhecer. Estava muito cansada e devo ter adormecido em cima do cadáver, acordei com as costas doendo. Não havia mais ninguém na sala, exceto o cão que continuava dormindo no mesmo lugar. Escutei um barulho no quintal, fui ver quem era. Gaguinho abaixou a cabeça em um cumprimento rápido, os cabelos estavam maiores e mais brancos, fora isso era o mesmo. Eu cansei, poderia continuar abrindo trilha pela minha angústia, percebi que era inútil, eu não mudaria o que estava feito. Eu não traria Aninha de volta, eu não poderia inventar um discurso que não era próprio da minha boca, minha boca viveu velando língua morta. Dizem que o tempo é uma linha estendida e que podemos caminhar livremente sobre ela, descobri que isso é uma mentira, é uma linha rugosa, uma dobra infinita e não conseguimos andar por dobra passada. Nenhum homem regurgita o passado. Aprendi muita coisa com Antonio Conselheiro, mas não foi o bastante para ser feliz. Para pergunta que fiz, ele não tem resposta. Admiro você, minha amiga, que conseguiu enterrar seus mortos ao invés de velá-los a vida toda. Continuei calada olhando aquela figura enigmática, por um instante senti uma pena enorme, uma pena que nunca senti antes. Estava diante de mim um ingênuo lavrador, um pobre homem que acreditou que as palavras o salvariam da solidão. Ele nunca compreendeu que para Aninha seus discursos seriam ornamento vazio, seus discursos não salvariam Aninha do tédio, seus discursos não serviriam para nada. Ele me estendeu as mãos, me trouxe um punhado de morangos mofados. Agradeci sem muita convicção. Ele seguiu contando sua história, disse que continuou nas andanças com Antonio Conselheiro por anos e anos, no entanto, acabou descobrindo que mágoa velha não pode ser arrancada à força, a gente muda muda sai procura outras terras outros rostos procura cara estrangeira, mas a mágoa está sempre ali, incrustada, vira doença de pele, não sai mais, a gente se desterra mas o lugar não desterra da gente. Resolvi parar num povoadinho, comecei a plantar morangos, eu queria que eles fossem tão perfeitos quanto aqueles morangos dos panos de Aninha. Mas foi uma bobagem da minha cabeça, morango só não mofa em pano, em mão de homem morango apodrece rápido. Movi o queixo em direção ao tórax em sinal de concordância. Posso ficar aqui com você¿ É por pouco tempo, não devo atravessar o verão, o fim chegará antes. Como posso negar¿ Fique à vontade, seremos nós três. Três, como assim¿ Eu, você e o bicho do pote. Bicho do pote¿ É uma longa história, qualquer hora te conto, agora basta saber que é um feto que jogaram na porta e acabou sobrevivendo dentro de um pote de conserva. E o cachorro¿ É, ele também parece querer ficar. De certa forma repartir de novo minha casa me trouxe alguma alegria, quase não via o Gaguinho, ele ficava a maior parte das horas no jardim cuidando da figueira, mas saber que ele estava ali me dava alívio. Já fazia três dias que o morto estava ali na caixa e o cão continuou imóvel embaixo do cadáver. Estava pensando em retirar o Poeta dali e enterrá-lo, no entanto, fui interrompida por uma batida brusca na porta. Antes que eu pudesse retirar o ferrolho o médico entrou sem fôlego, quase gritando. Vamos logo, me mostre, vamos! Você está louco¿ Do que está falando¿ O corpo do Poeta, onde está¿ O que você quer com o corpo dele¿ O juiz não te falou¿ Ele permitiu que eu faça autópsias nos mortos do povoado, como você sabe não existe tanta gente por aqui, de forma que quando fiquei sabendo da morte do Poeta eu vim correndo. O Poeta não precisa de autópsia, está bem como está. Eu sei, mas estou testando a técnica da mumificação, ele está morto mesmo e depois ele ficará aqui mesmo, posso fazer o procedimento na sua casa e se quiser depois pode ficar com ele. Pra que diabo eu vou querer um morto comigo¿ Sei lá, preservar a memória. Estou pedindo por educação, a verda-

A PUTA **163**

de é que não tem escolha, já foi decidido pelo juiz. Então faça como quiser e não me encha o saco. Espera um pouco, o que é isso aí em cima do caixote¿ Não te interessa. Como não interessa¿ Claro que interessa! É fenomenal! Como conseguiu isso¿ Por que ninguém me avisou sobre esse feto¿ É incrível que ele tenha sobrevivido! Eu preciso estudá-lo! Ele pode significar um avanço considerável na minha medicina! Larga de delirar, você nunca quis ser médico! Você é uma puta injusta, não queria quando jovem, há muito tempo estou dando toda minha vida em prol da medicina. Não me interessa, os seus conhecimentos nunca me ajudaram em nada. Deixe o pote onde está, se um dia eu precisar de seus cuidados, eu mesma chamo. Não se irrite, por ora me darei por satisfeito com o Poeta, ele me tomará alguns dias, mas não esquecerei desse feto, eu voltarei para vê-lo. Terei que passar uns dois dias em sua casa para fazer a mumificação do Poeta, depois te deixarei em paz. Não sou mais nenhum menino, ando cansado. Eu também andava cansada, tão exausta que os meus pequenos-lábios queriam se entranhar no útero e desaparecer, eu queria ser aniquilada-sublimada pelo meu próprio corpo. Gaguinho chegou por trás, em silêncio, tocou nos meus ombros e murmurou algo incompreensível. Agradeci. A minha vida inteira fui atravessada pelo arpão duro do homem, no entanto, nenhum foi capaz de me penetrar, talvez o Poeta e o filósofo tenham chegado perto, mas desvirtuaram no final, foram fisgados por outras urgências. E eu continuei como um peixe engasgado no próprio riso. E agora estava confinada com um ser quase assexuado, um ser que conheceu o gozo de apenas uma mulher. Eu queria que se chamasse Ana, pode chamar de Ana¿ Com certeza o confinamento estava fazendo mal aos miolos daquele homem. De que diabos está falando¿ Daquele feto do pote, podemos chamá-lo de Ana¿ E como sabe que se trata de uma mulher¿ Aquilo pode até não ser gente. Eu sei que é uma mulher, eu sinto. Eu fiquei horas contemplando seus olhos e aqueles olhos não podem pertencer a um ser masculino, os homens são encouraçados demais para falar qualquer coisa através dos olhos... É melhor esperar, uma hora esse feto amadurecerá e então decidimos seu destino. No terceiro dia o médico tinha terminado seu trabalho, me chamou para ver, ele estava empolgado, disse que jamais uma mumificação ficara tão perfeita. Fui até a sala e olhei aquele corpo duro e plastificado e fiquei imaginando onde o médico estava vendo perfeição, eu via apenas uma cobra noturna chocalhando seu rabo e espalhando terror. Saí rápido da sala e pedi que ele levasse o Poeta, não queria mais ver aquilo. Sim, vou chamar um daqueles homenzinhos para ajudar com o caixão, mas não esqueça que eu voltarei assim que o feto nascer. Não precisa chamar ninguém, o Gaguinho pode te ajudar. Vi os três atravessando o jardim, caminharam em direção à estrada, senti uma pequena comoção, porém, segurei o choro, se começasse a berrar naquela hora meus ossos se partiriam e eu me tornaria um lagarto oco e inflado. Fui até o baú e peguei um cigarro cubano, acendi, fechei os olhos e traguei fundo. Flamenca estava por perto e o seu cheiro, o gosto do seu clitóris me fazia salivar uma baba densa e branca. Deitei no chão e lá estava ela, safada, enfiando a mão na minha calcinha, *vamos Muchacha, abra com vontade*, enfiando sua língua no solo-eixo móvel da minha boca, mordiscando meus peitos e me espreitando o rosto largo rindo esperando meu riso encharcado. Adormeci ali mesmo e só acordei com o barulho de Gaguinho puxando o ferrolho, estava fraca demais para sair do lugar, passei três dias e três noites na mesma posição. No quarto dia me levantei, meu filho e Flamenca estavam por perto, eu podia escutar o zunido da mosca que apodreceu o seu olho, eu podia escutar a mosca galopando no seu rosto, roçando uma pata na outra, eu podia escutar a mosca lustrando o seu casco seu dorso no sol. Eu podia escutar a mosca vomitando--regurgitando a sua órbita no meu ouvido. Tomei um banho, arrumei os cabelos, toquei minha vagina para ver se ainda estava úmida, se ainda podia abrigar falanges, unhas e dedos. Eu estava certa, eles vieram. Era uma visão terrível, da última vez que os vi eles traziam pequenas manchas vermelhas, no entanto, agora eram pústulas grandes e percorriam o corpo inteiro. O rosto de Flamenca estava irreconhecível, uma cavalaria destroçou os seios de sua face. Não consegui encará-los, fiz menção para que entrassem, mas como das outras vezes, eles se negaram com um balanço de cabeça. Perguntei para Flamenca o que tinha acontecido e ela murmurou entre os dentes que havia um surto de varíola em um dos povoados que passaram. Pedi para que ficassem, disse que o juiz estava procurando por eles. Não temos por que ficar aqui, continuaremos nossas andanças, somos nômades, se lembra¿ Não importa o que vocês sejam, vocês estão doentes, não podem continuar, vão morrer no caminho. Morreremos de qualquer forma, uma hora essas feridas vão piorar e ninguém pode fazer nada. Flamenca tinha razão, o disparo estava dado, eu enxergava as esporas da morte, a mão calosa do demo, as núpcias do diabo, seu cão, seus olhos, seu esperma descendo goela abaixo. A égua carnívora os espreitava. Antes que pudessem partir, o filósofo chegou com mais dois homens que eu nunca tinha visto antes. Cheguei na hora certa. O que você quer com eles¿ Infelizmente terei que levá-los. Está louco, para onde quer levá-los¿ Você não está vendo que eles não têm muito tempo¿ Várias pessoas estão morrendo por causa dessas pústulas, eles foram acusados de disseminar a varíola. Eles serão sacrificados. Do que você está falando¿ Eles não são cachorros sarnentos, você não pode fazer isso, a loucura comeu seu cérebro! Eles serão enforcados amanhã ao meio-dia. Ninguém poderá impedir, eu gosto muito de você, você sabe disso, respeito nossa história, mas não misture as coisas, eu faço isso para o bem do nosso vilarejo. Você não sabe o que diz, não discuto com loucos. Era como se a corda estivesse em volta do meu pescoço e minhas mãos estivessem atadas. Eu não podia fazer nada, eu teria que assistir calada o espetáculo, teria que aprender a retirar as larvas do meu afeto e continuar, teria que comer o fruto apodrecido do meu útero. Nightmare, as éguas da madrugada galopavam com suas patas enlameadas sobre o sol. É preciso encarar o espelho e não nos enganar com a figura-fissura que ele nos devolve. O olho é cego, natimorto, um pedaço apodrecido de carne. Tenho caminhado e observado a cisão do fêmur e da patela, desprezo todo desejo que acaba em pó. Mataram a baleia branca. Durmo encalhada no seu ventre. Afeto-carcaça do ódio. Amarraram suas mãos atrás das costas e os levaram, eles não mostraram resistência, se deixaram levar sem temor. Antes de amanhecer eu já esperava a execução. Um pouco antes do meio-dia aqueles homenzinhos estranhos se colocaram ao meu lado em silêncio, e em cada rosto eu via uma puta trepando com seu carrasco. Logo os dois condenados foram colocados perto da corda. O filósofo simulou olhos vendados, no entanto, eu enxergava a desgraça e a porra toda por trás de sua cegueira fingida. Meu filho seria o primeiro a ser executado. Apenas depois do nó feito e da garganta sufocada procurar alívio e não encontrar, só depois de ver o corpo parado e a respiração suspensa eu gritei ao filósofo. Esse filho não se originou apenas da minha entranha fecunda, metade dele é cria do seu esperma contaminado, da sua gonorreia mal curada. O filósofo soltou um soluço inaudível. De todas, essa era minha pior vingança. Andei até Flamenca e sussurrei no seu ouvido: você poderia ter evitado tudo isso, mas você foi tola e curiosa e quis conhecer a tempestade do macho. Não pude ver a expressão do seu rosto, porque os olhos já tinham sido comidos pela mosca branca, também não pude ver as linhas da sua face mudarem a direção porque as pústulas estavam enormes e deformavam tudo. Porém, eu sorri, pois sabia que tinha conseguido embutir em Flamenca a culpa. O sol estava branqueando o vilarejo inteiro, olhei para cima, vermes corroíam o céu. Fui para casa, percebi que o ferrolho enferrujara, então caí num choro convulsivo. Gaguinho sentou ao meu lado e percebeu por fim que a língua é um órgão morto músculo mofado. Ficou calado. Passei a tarde, a noite e a madrugada retirando serpentes do esôfago. Acordei, lá fora a carcaça da grande baleia branca apodrecia. No fim da manhã, senti o meu peito inchado e vazando leite, olhei meus pés e eles estavam enormes. Comecei a sentir pontadas na barriga e logo percebi que se tratavam de contrações, rolei no chão de dor. O caixote não parava de balançar, o feto se revirava feito um desesperado e tentava romper a borda do pote. Gritei, as pontadas pioraram, pedi que Gaguinho trouxesse com urgência o médico. Ele foi, em meia hora o médico já estava lá. Ele disse que não sabia direito como me ajudar, nunca tinha visto uma coisa daquelas, mas ele iria tentar. Assim que ele terminou sua fala nervosa, a bolsa da água se rompeu. Senti minha vagina encharcada e dilatada. O feto continuava tentando escalar o pote. Bem, eu tentarei tirar o bebê da vasilha, talvez as dores cessem quando ele nascer. Concordei com a cabeça, eu não tinha uma ideia melhor. O cachorro sarnento olhava a cena com cara atenta e temerosa. O filósofo chegou e pegou nas minhas mãos. Você ainda se lembra das coisas que eu te falei na juventude¿ É tudo verdade, eu ainda acredito em tudo. É a roda dos infortúnios, você verá! Depois de todas as encarnações o homem virá como mulher, pagará todos os pecados, escarrará na boca do monstro, assim falou o outro pensador. Mas eu vou além, eu digo mais, eu digo que o homem será transformado na vagina de uma puta. O homem será só um oco no meio das pernas de uma puta. E então, ele se livrará de seus pecados e gozará na mandíbula do monstro. Ela(e) rompeu a borda do pote, deslizou sobre o caixote. E não era possível olhando para suas genitálias descobrir seu sexo. Tratava-se de um macho ou de uma fêmea¿ Não sei, sabíamos apenas que precisávamos de uma mulher. Foi então que o médico interveio, retirou a costela do cão sarnento, abriu a costa dela(e), implantou a nova costela, fez um enxerto com a carne das nádegas para evitar uma cicatriz viciosa, suturou. Ana vingou, linda e raivosa. Ao pegá-

-la nos braços espreitei meu rosto na moldura alaranjada e me veio a epifania, esse homem que me enclausurava, me flagelava, me torturava, me obrigava a ver o mundo de cócoras dentro de um cativeiro, esse homem que ameaçava rasgar minha buceta, arrancar meu clitóris, esse homem que me confundia com um símio, uma neanthertal, que me obrigava a olhar num espelho esférico sem moldura. Esse homem que amarrava meus pés enquanto me masturbava. Esse homem-animal-monstro branco que me engolia e me regurgitava. Esse homem que me fecundou enfiou um embrião no meu ventre. Esse homem demente que me contaminou com a sífilis. Esse homem-carrasco que esfolava minha pele com vontade, que arrancava as unhas dos meus dedos mindinhos. Que me enfiava o pau sem piedade. Esse homem que roía-lascava meus ossos. Esse homem era eu. Esse homem era a carranca que eu escondia por trás da máscara bem pintada.

UM POSFÁCIO DE
MARCELO ARIEL

Este livro vai um pouco além da visão impressionista da interioridade feminina, não podemos falar em identidade, algo que está sendo diluído pelos fatos, com uma velocidade feroz. Existem interioridades e é lá no fundo do ser e não em sua forma que reside a singularidade, a forma é como uma miragem de singularidade, é no núcleo do ser que se esconde a verdadeira singularidade que algumas formas anunciam e praticamente todas escondem, a diferença é no fundo é o maior atributo do ser, ser é ser a diferença já dizia Gabriel Tarde. Este me parece, é um romance sobre a diferença como um valor de uma interioridade.

O que está em questão neste romance de Márcia Barbieri é a expressão de uma singularidade a partir de uma sutilíssima desconstrução de uma forma mercantil e condicionante do feminino a partir de um fluxo de pensamento que como num quadro cubista cria novas proporções mais humanas justamente a partir de uma premissa muito mais aceita no Oriente segundo a qual O *espírito não é nada sem o corpo.*

Estamos longe da noção do feminino cunhada pela visão que tentava emoldurar a diferença usando o véu de um deslocamento que em seus piores momentos resvalava na simulação e no estereótipo e nos melhores em uma mimetização do feminino apenas como componente do elemento trágico da existência, casos de Flaubert em seu genial *Madame Bovary*, de Thomas Hardy em Tess, dois casos bem sucedidos. Este romance de Márcia, joga luz em um outro aspecto e promove a meu ver uma reparação, sua protagonista não é uma simulação de uma voz, mas a construção de uma. Márcia não cai na armadilha do expressionismo, que é a de prender uma voz em estados circunstanciais e perigosos do ser como forma de ampliar esta voz, o que levaria a um tipo de esquematismo, como o que foi praticado por Lars Von Trier em *Ninfomaníaca*, neste livro o expressionismo é inteligentemente diluído por aspectos poéticos da fala da personagem. Este também poderia ser considerado um pequeno "romance de formação" que não cai na vala ou no abismo da redução de seus vetores a uma moral social.

A grande matriz deste romance de Márcia parecem ser aqueles personagens masculinos de Dostoievski que empreendem uma espécie de escavação interior, que tenta criar uma materialidade para a vida a partir de um discurso digamos total de exposição de sua interioridade, sabemos que as interioridades são constantemente contaminadas por sentimentos pesados e emoções incontornáveis criadas pela energia destes sentimentos, o ressentimento para Raskólnikov que se converte em impaciência e cansaço, em um profundo distanciamento que no caso do russo, dilui alguns limites éticos. O mesmo acontece neste A Puta em que a protagonista parece ser movida por uma espécie de furor que nada tem de abstrato, o Outro através do discurso dela vai ganhando uma materialidade e deixando de ser abstrato, é como se ela em seu fluxo poético-verbal, estivesse tentando na verdade sair de seu corpo e se dissolver em um sentimento do mundo como um abismo onde o Outro é a queda incontornável que invade sua interioridade cada vez mais habitada por seu corpo e por ele fortalecida, principalmente pelo discurso que oscilando de uma lucidez trágico-irônica e por uma poeticidade do ser como distanciamento & contemplação, ela fracassa em flutuar acima de seu corpo justamente por ser incapaz de reduzi-lo a um elemento apenas exterior ao ser. Este é o grande trunfo deste romance e de sua protagonista.

Este livro foi composto em Sabon LT Std
e impresso em papel pólen bold 90 g/m²,
em outubro de 2020.